U0137517

人生每一步都算数

柳智宇 著

湖南文艺出版社
HUNAN LITERATURE AND ART PUBLISHING HOUSE

博集天卷
CS-BOOKY

目录
Contents

第二部分
书山有路，乘道而行

第三部分
穿越至暗时刻

第六部分
穿越时光的智慧

第七部分
他人眼中的我

推荐序一

俞敏洪："惊世骇俗"的柳智宇

北京大学出惊世骇俗的人，师弟柳智宇也算一个。

他中学获得两个世界级金奖，被保送到北京大学，这样的数学天才却放弃麻省理工学院（MIT）的全额奖学金，选择出家，这是一个惊世骇俗的行为。出家十一年后回归社会，又是一个惊世骇俗的行为。他还能在这种超出一般人想象的人生经历中，保持一个笃定的内在状态，这是挺了不起的一种人生。

今年二月，智宇来直播间和我对谈，当天的对谈主题"人生的每一步都算数"，是智宇提出来的，一语双关，既有他数学天才的一面，又有他对人生的某种笃定。那天我们谈了很多话题，像天赋与专注训练、传统文化、佛教和心理学等，但归根结底是在探讨如何安顿自己身心的问题。当天直播间发生了一个小意外，对谈用的台灯意外倒下，智宇几乎纹丝不动，没有受到影响，像是"宠辱不惊，看庭前花开花落"状态的一个注脚。因对谈时间有限，我们还有很多未能谈及的话题，相约着日后有机会更多谈谈。

九月初，收到智宇的这本传记稿，也算是弥补了那次对谈因时间有限所带来的缺憾。读完这本传记，能够比较全面地看到，如今的柳智宇是怎样"炼"成的。在书中，他比较完整地写了目前的人生状态，以及他对数学、传统文化、心理学和人生的一些思考。智宇能够遵守他内心的东西，不管是他个人的内心感受，还是他对当下某些问题的看法，基本上能确定就是他内心真实的表达。

这段他个人的心路历程，可能也会对普通人的选择提供一个不同视角。每个人都会面对自己的人生困境，像智宇这样有着外人看来非常高的人生起点的人，也依旧会在人生行进过程中面对不同的困境，他也做出了在不同困境下的人生选择。

如今的智宇，我觉得他是走进去，也走出来了，他把一些问题——包括人生问题、世界问题——想清楚了，才去打破那被人们认为的一堵墙、一个不可逾越的障碍。通过与智宇交流和阅读他的传记，我能够隐约地感觉到他背后的逻辑和心态所产生的改变，这种改变殊为不易。

人生的每一步当然都要算数。有时从更广阔的视角来看待当下的人生困境，人就能更超脱一些，也能更好地做出选择。

推荐序二

刘嘉：我眼中的智宇

人与人往往因缘而聚，我和智宇结缘于数学，因这段师生情而暖及人生。

智宇出了一个集子，约我写些文字，这让我陷入了沉思。众人眼中的"天才""僧人"和"心理咨询专家"，在我这个愚师心中是什么定位？

为了回答这个问题，我把自己关进了静谧的书房，打开记忆之窗中的往昔岁月，每一帧人生画面跃然于脑海中……

数学·一苇可航

在小学、初中阶段，明心的A班是按分数排定座位的，我记忆深刻的是，智宇的分数都是可以坐前面两排的，但是在选择座位时，他总是会选第三排靠窗的位置坐（第一、二排右边是墙）。每次遇上一个较难的问题时，他都会微微地侧过头去，双眼凝视窗外的天空，静静地思考，随手在草稿本上写写画画。下课后他会拿着草稿本找到我，说："刘老师，刚刚那道题能不能这样想？"往往，他的思路都会与我讲的解法殊途同归，甚至可称为奇思妙解！

在四至九年级近六年的数学课外学习中，我眼中的柳智宇是一个漫步在数学世界中的思考者，借助数学这根芦苇找到了自己的生命意义。

如果说小学、初中学数学还是从解题的角度去体验数学，到了高中，随着他广泛地阅读《庄子》《离骚》《论语》等国学典籍，他学习的积累和沉淀也愈发深厚，当大多数学生都沉浸于数学解题的繁琐技巧之中时，他已跳出数学去理解数学了，对数学解题的理解已经呈现出"行到水穷处，坐看云起时"的意境了！

有一次，他在我的办公室聊到数学解题时说："要把数学题当朋友对待，这样才能理解它的特征、习性，才能看透问题的本质。所以解数学题要用爱的情感去与数学题交流，不能用怨的心态对待它。"

高二，他代表中国参加俄罗斯高中数学竞赛，获得了金牌。

回国后，他来我的办公室聊这次竞赛，说到考试中遇到一道组合问题被卡住了。他闭上眼睛边休息边用"思想实验"的方式对数学题先进行解构，仿佛是把一辆拆分开了的小汽车按功能进行组装，但这个过程却是在脑海中上演的逻辑推理与演算，通过这种方式他突破了解题思路中的瓶颈。后来他在高二暑假患上了严重的眼疾，给参赛带来很大困难。这种在大脑中进行高强度分析推理的能力帮助他顺利度过了高三的关键时期。

二〇〇六年，他代表中国出征在斯洛文尼亚举行的第四十七届国际数学奥林匹克竞赛，获得了满分和金牌。根据当时的优录政策，他被顺利地保送进入北京大学数学系学习。

上山修行·历事炼心

通过与智宇交谈得知，在北大的四年学习生活中，他除了顺利完成数学专业课程学习外，还积极参与到学生社团活动之中。中国古代读书人追求的"为天地立心，为生民立命，为往圣继绝学，为万世开太平"的精神坐标也深深扎根于他心底。

二〇一〇年八月底，一个曾经与智宇一起听我数学课的学生要去美国读博，出国前来看我，谈到了智宇放弃麻省理工学院全额奖学金，准备上山修佛的情况。不承想到了九月六日左右，网络上关于智宇上山出家的事便风起云涌，也把一个简单的事情推到了风头浪尖。

实际上，二〇〇八年我与他在北大的一次见面浅谈后，我就感觉到他将来会去追寻佛学心路，但是没有想到来得这么快。

二〇一〇年国庆节期间，我专程从武汉到北京去见了智宇一次，在山门内的那棵老树下，我们聊了很多关于他出家的话题。

我们聊到弘一法师，聊到修佛的方式等。

他坚毅的眼神透露了隐逸山林无荣辱的修行决心，他说："只是借这个境界来修炼自己的心。请您放心。真正重要的是为这个时代的众生探索出一条心灵之路，我才刚刚开始。"

既然他做了选择，我下山分别时送了他一句话：修禅性，悟佛心。

下山·成己达人

二〇一八年七月中旬，我接到了智宇的短信，大意是准备结束修行生涯下山。我们约了一个时间，在北京国贸附近的一家快捷酒店见面。再次见面，他消瘦了许多。他聊了一下未来的规划。在历经了人生的艰辛与繁华，当尘世留不住灵魂，山林安不了身躯之时，智宇始终用一颗执着的心，默默寻觅心灵的一方净土，让心境在沧桑中开出一片福田。

八年的山林修行生涯结束了，智宇这八年的山林修行生涯可以用少林寺面壁洞的一副对联来描述："一苇渡江，达源溯六祖；九年面壁，妙理悟三乘。"

下山后，他开始把精力投入到将佛学与心理学结合的研究实践之中，让更多的大众受益于他的工作……

篇末语·人生每一步都算数

读完智宇的《人生每一步都算数》，你会发现，人生就是纵一叶扁舟，依水而行，读书求索，历事炼心，破除虚执妄想，忘却烦恼三千，明心见性。

把自己的人生当茶品，沉时淡然，浮时坦然。越过山丘，看透纷扰，经历磨难，笑对人生。"见了便做，做了便放下，了了有何不了；慧生于觉，觉生于自在，生生还是无生"，人生处处是道场！

从智宇到贤宇的变化可以看出：读书要读出品质，读出个性，每个人都是一个独一无二的个体，都应该认识到自己独特的禀赋和价值，从而实现自我，真正成为自己。

从贤宇到智宇的经历可以看出：真读书的人时刻都在历事炼心的过程中成长与变强大，会学习的人干一行精一行，真有本事的人不怨天尤人，走遍天涯如游刃。

从智宇的经历来看，他始终是一位思考者、践行者，始终都在历事、达理、明心，追寻灵魂深处的那个率性、诚明的精神家园。

读书是为了找到更好的自己，读书是为了让生命之花绽放，读书是为了找到精准的人生坐标，智宇找到了！

自序

清风何处不旧家

很多人认识我，大概是因为当年"北大数学天才出家"的新闻。

我因为数学成名，被保送至北大，大学毕业时，获麻省理工学院全额奖学金，巅峰时刻转身遁入空门，十一年后，下山还俗，转入心理行业创业。

很多人扼腕叹息，怒"我"不争，说如果我能继续走数学这条道路就好了，说不定中国就会多一位为国争光的数学家，因为与我同届参加国际数学奥林匹克竞赛的舒尔茨已经是"菲尔兹奖"获得者，且与我同时拿到满分金牌的另两位同学，俄罗斯的马加津诺维奇·亚历山大（Magazinov Alexander），摩尔多瓦的尤里·博雷科（Iurie Boreico）也都已经是有名的数学家了。

很多人问过我：有没有为自己当年放弃麻省理工，放弃数学，选择出家而感到后悔？答案是——从没有过。因为那些都是别人眼中的道路和成功。从数学到佛学再到心理学，我追寻的始终是人生的智慧与大爱，这是一以贯之的。上山或是下山，只是外在形式的变化，我在不断寻求更宽广、更适合自己的方式，去描绘心中的愿景，去践行此生的使命。这就如同江河之水或向东流，或向南、向北流，但它的归宿始终是浩瀚的大海。不忘初心，方得始终；百转千回，矢志不渝。

我从未想过自己会被这么多人知道。很多人会好奇：我为什么会做出这样的人生选择？我是怎样学习的？我的抑郁是如何疗愈的？我怎么理解传统文化，又如何理解数学之美？我为什么选择心理学？……

在学习和成长的路上，我很幸运，有几位良师做伴，他们一路引领我探索，深入，授我以"渔"，给我充分的信任和自主学习的空间。桃李不言，他们的恩情、与我互动的点滴，我会在文中详细记述。

因为竞赛，我经常要面对各种小考、大考和国际比赛，陪伴我坦然面对的，是庄子给予的旷达心境。那种"乘道而行""乘物游心"的境界，是我保持"平常心"从容应对的思想源头。也是在这个过程中，我越发觉得，人生的意义不是眼前的金牌或外在的荣誉，而是内在的体验与成长。

从数学到庄子，以至儒释道，诸子百家，可以说都是智慧的启迪。而人生还有一门功课，那就是爱。在人生的道路上，我一直在学习如何真正地理解和关爱他人。如今再忆年少时的我，我似乎有点"清高"，不太合群。怎样走出自我的堡垒，我经历了艰难的转变。这些转变，也为我后来从事心理行业奠定了重要的基础。

这是我以个人名义出版的第一本书。我认真地展现自己生命中的每个阶段，每段故事，每张面孔。今年我三十五岁了，回看来时路，所有的苦辣酸甜，也是我在人间修行的见证。

在这里我要首先感谢我的爱人，在这本自传书写的过程中，她花了大量的时间阅读并修订文稿，提出各种意见。还要感谢我的父母给予本书的大力支持，他们提供了很多资料和角度。感谢高中数学教练余世平老师提供了多篇关于我的回忆文章。感谢杨章婧女士对本书整体框架提出的建议，感谢高嘉宁先生、王彦心女士、顾舒蕊女士等朋友、同事的支持。人生难免有诸多坎坷，修行和成长之路同样如此。这些亲人和师友的支持让我有更坚定的力量奋发前行。

正如古希腊神庙中的格言"认识你自己"，我也一直在追寻生命的足迹，探寻人生的意义，如果你也希望看到生命更多的风景，就让我们一路前行！

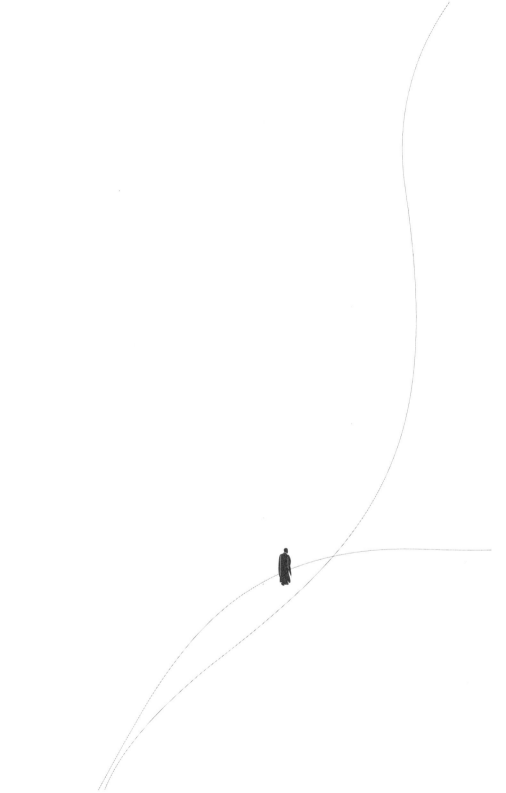

第一部分

认清自己的道路

放弃麻省理工，上山出家

二〇一〇年七月的一天晚上，在家吃完晚餐，父母送我到武昌火车站。几天前，他们就陆续嘱咐我许多关于出国留学的注意事项，我告别父母，踏上了开往北京的火车。看着父母欣慰的眼神，我内心却无比复杂、忐忑。

犹记得这半年来的诸事。大四的寒假，我陆续收到了俄亥俄州立大学（OSU）、加利福尼亚大学洛杉矶分校（UCLA）的录取通知书，它们都提供了全额奖学金。四月底，我又收到了麻省理工学院的录取通知书和全额奖学金。父母非常满意，也很开心。他们很希望我去麻省理工继续深造。而在这个过程中，我既感到开心，觉得自己被认可，又不知如何把内心的真实想法告诉父母。因为，我早已选好了另一条道路。申请美国的大学，一来是想告诉他们，大学四年我都在认真学习；二来是为了让父母少一些遗憾。

火车开了一晚上，第二天早上六点多到北京。我向父母报了平安，然后去西站附近看望一位亲戚。大学期间，他对我有很多的关照，我特意来感谢他。他和我父母一样，只当我要去麻省理工学院留学，问我飞机什么时候起飞，问我心情是否紧张，有什么需要帮助的。为了不让他起疑，我只能含糊地回答他。

飞往美国的航班是下午的，我最终并未如大家预期的那样登上飞机，而是毅然选择了另一条道路：上山出家。

汽车穿过繁华喧闹的城区，逐渐驶向大山，一路上我内心既有期待，又有担忧。我的内心是愧疚的，父母一定对我非常失望，我甚至不愿意去想父母会做何反应……

午餐前，我已到达寺院。下午，我给麻省理工学院负责招生的教授发去邮件，告诉她我的决定。教授很快这样回复我：

Dear Zhiyu Liu,

I was very moved by your letter and although I am very sorry you will not be coming to MIT, I am very very happy for you. From the tone of the letter, it is clear that now you found your path and you seem very very happy. This is the most important moment of somebody's life：to recognize one's path!

I would love to visit your temple at some point with my family. I am sure it would be a wonderful experience, so please keep in touch and let me know how your studies progress.

Good luck with your new future and thank you again for letting us know your decision.

Best regards

亲爱的柳智宇：

你的来信让我很感动，虽然我很遗憾你不能来麻省理工学院，但我为你感到非常高兴。从信的语气中，很明显可知，现在你找到了你的道路，你看起来非常高兴。这是一个人一生中最重要的时刻：认清自己的道路！

我很想找个时间和家人一起去参观你的寺庙。我相信这将是一次美妙的经历，所以请保持联系，让我知道你的学习进展如何。

祝你在新的未来好运，再次感谢你让我们知道的决定。

最好的问候

接着，我把邮件转发给了父母，他们终于知道了我的决定。和我想的一样，他们反应激烈，即刻从武汉跑来北京，劝我放弃。

第二天，父母风尘仆仆地出现在我面前，起初他们还是挺淡定的，以为我不过是受一时情绪影响。但看到我心意坚决后，他们开始真的着急了，苦口婆心地劝我。我试着去倾听和理解父母的感受，通过沟通，父母明白我出家并不意味着抛弃他们，我依然爱着他们，这是我愿意尝试的一段生命经历，我会为自己的人生选择负责。在山上待了几天，他们选择回武汉。临别时，我把他们送到山门口，看着他们离去的背影，我感受到了他们内心深深的失落和遗憾……

之后的日子里，我每周都能收到母亲的来信，我知道她内心很苦，写信是她宣泄的一种渠道。而我，也在慢慢适应山上的生活，每念及父母，心头却掠过一片阴影。

我的一个北大的同学，也去了麻省理工，她到美国后，在校园内并没看到我，于是问了教授。之后，她在人人网上写，某个同学出家了。这个消息不知怎的受到媒体高度关注，并开始炒作"北大数学天才遁入空门"一事。当时的我认为，去麻省理工念书只是别人的希望，并不是我眼中有价值的生活。比起摘一片树叶，我更想收获整个森林。我渴望追求一种更加整合的、宏大的生命真理，和更广大的人群连接在一起。

媒体的大肆报道，让我父母压力倍增。网上铺天盖地的舆论，令我身边所有的人都知道了这个消息，我高中的老师们、我的亲戚们、父母的同事都来联系他们，问缘由，给父母出主意，媒体也想要采访他们。他们不堪其扰，压力甚大，于是再一次来到山上找我，劝我回去，给家人、老师一个交代。

我跟他们回到武汉，叔叔、姑姑等亲戚轮番来劝我。那时我不敢长时间住在家里，怕被熟悉的邻居撞见，印象中有几天是住在姑姑家。有一天，她终于和我谈起了她最关心的主题："难道你一定要出家吗？"我和她聊了很久，我感受到她的焦急，而我只是陈述自己的理由，并介绍自己上山后的生活，尽可能让她放心。最后她似乎了解到不可能改变我的选择，脸上写满了遗憾，神情也很低落。表妹原本在旁边听着，后来也难过地默默转身走开。后来，叔叔也来了，印象中他与我谈了一个多小时，最后也失望地离开了。

那时，我的奶奶、爷爷、外公都已经离世，家里的老人只剩下外婆。外婆也很为我很担心，让我到她家去，苦口婆心地劝我。可是见我心意已决，她就问起我山上的生活怎样，吃的、住的好不好，山上有没有图书馆，我有没有继续学习、有没有时间看书。她虽然很无奈，但更在意的还是我在新环境中过得好不好。

我在武汉待了一周，除了见亲人之外，父母还带我去见了一位武大（武汉大学）的教授，据说是我高中的校长和老师们介绍的，因为这位教授对传统文化有所了解，他们希望他能劝劝我。父母带我来到这位教授的家里，我和他谈了很久。他说："我们私下多次讨论你的事情。我觉得你的高中阶段是最辉煌的，大学阶段也还不错，但是现在你走上了一条错误的道路，我们很为你感到惋惜。"

他的观点，也代表了很多网友的观点，但这只是从外表看到的我，他们并不了解我的心路历程。他们并不知道，那个大家觉得最为引人瞩目的高光时刻——我在高三获得国际奥赛金牌的时候，我其实正承受着身体的痛苦与内心的迷茫、孤独。他们也无法理解，大学时我走上了一条成长与疗愈的道路，从困顿的低谷中逐渐找到了方向。

放弃大好前程，与青灯古佛相伴。大众的不理解和各种声音也曾令我有些慌乱，但我依然坚定地向前。如今再回首，对于当时的自己，那还是一条该走的路，是人生中必要的探索，我没有什么后悔的。

过去的成功，没有捆绑住我，因为我明白，外在的成就不足以代表生命本身。或许你、我，以及其他人的生命航道中，都有需要转弯之处。如果过于看重已经得到的和别人在意的，那些所谓的成就反而会成为沉重的负担。这时最重要的是认清自己真正想要的是什么：想要过什么样的生活？成为一个什么样的人？人生需要学会放下过往，从新出发。

上山缘起

　　曾经，有人把我和数学家舒尔茨做对比。二〇一八年，三十岁的彼得·舒尔茨获得了数学界的最高奖项——菲尔兹奖。我们曾在斯洛文尼亚参加过同一届国际数学奥赛，但当时我并不认识他。

　　在北大，随着学习的深入，我感到高等数学以上的发展似乎越来越抽象，且走向细枝末节。一位老师告诉我，如果在他所在的领域发表一篇文章，全世界可能只有二十个人能看懂。一位高中学长早前则跟我说："你从高中奥数中学到的数学，也许是数学中最精彩、最引人入胜的部分；当你继续往下深入，你会发现许多问题过于艰深，或者过于脱离人的常识。"

　　我依然试图以简洁的方式，理解问题的本质，但已找不到曾经雀跃的感觉。我感到数学如空中楼阁一般，我也做过许多尝试和挣扎，但在当时的身心状态下，我发现自身力量有限，很难突破。

　　我的眼睛从高三开始就不太好，大一时最严重，直到大二下学期才逐渐好起来。眼睛的病痛，使我无法承受大量的计算，很多时候我都是在脑海中演算，雾里看花一般学习，让我不能从中找到练习的感觉和依靠大量经验训练对新领域知识的洞察力。这就注定会让我在成为数学家的道路上走得无比艰辛。数学看似是一条我该走的光明大道，但诸多现实却让我不得不重新审视自己的未来。

数学对我的影响是深远的，它为我开启了一个精神王国。虽然它没有陪伴我一直走下去，但我从中感受到了人类文明的光辉，以及不断抽象，透过现象看本质，不断整合、升华的思维方式。更重要的是，数学中的许多定理的深刻、对称、不变，超越世俗的凝练之美，帮我建立了对生命、对自然万物的敬畏。一个懵懂的孩子，由此开始思考自己的一生所求。

杜甫写过一首诗，其中一句是："安得广厦千万间，大庇天下寒士俱欢颜！"这可能是我某些时刻内心状态的写照——怎么做才能找到一种方法、一种学问，令天下广大的人群身心安顿，获得内在的喜悦？我想，这对我来说是更为重要的追求。一直以来，我最感兴趣的是人心灵的成长和探索，而数学从最开始就不是我未来的全部。

还有一个感触，来自一次义工活动。那是二〇〇七年秋天，在一次活动上，大家都分享自己的心得，有一个大姐令我印象深刻，她大约五十岁，文化程度不高，她谈到自己做义工，改掉了不少以往的坏习惯。以前她经常看人不顺眼，挑剔他人的毛病，现在知道处世先要做好自己，多看到他人的长处。以前她和老公、孩子关系不好，现在因为自己的改变，家庭关系也变得融洽了。朴实的话语却让我惊叹，我感受到一种不断成长的喜悦。那么多不同年龄、不同性格的人都在不断学习、成长，我觉得这在其他地方是很难想象的。她身上的朝气和希望感，让我很受触动。在性格和思维习惯已经定型的年龄段，她并没有被各种琐事束缚住，而是继续追寻喜欢的生活，不断提升生命的品质、心灵的高度。这个普通、平凡的大姐，在我眼里却那么可贵。

若干年后，我还能像他们一样不断提升心灵吗？如果没有环境和团队，我觉得自己未必能做到。不久，我萌发了出家修行的念头。

这是一个重大的、未知的人生选择。我不是没有纠结过，事实上，纠结的过程持续了半年之久。当时的大学里充斥着强烈的竞争与焦虑情绪，身边的一些同学拼命奔向前方，大家都在追求一个较同质化的未来——出国，其次是考研。而对除此之外的一切，很多人并不关心。相较而言，我觉得去修行，更适合我当时的生命状态。

我曾在北大旁听了几门哲学课程，系统学习和比较了中国和印度等国的东方哲学以及西方哲学。道家注重的是个人的心灵自由，较少谈怎么和他人相处，而我并不满足于只在自己的世界里快乐，我很渴望走进别人的世界。儒家的"忠恕之道"，以及一些具体的修身方法，补足了我在人际交往方面的短板。

在东西方哲学中，佛学最让我认可。在我眼中，佛教并不是宗教，它更像一门学科，一门探索人类心智和生命成长的学科。佛学讲述的很多道理，在我的生活中就能得到验证。它最吸引我的，是理性精神。与西方哲学不同，它是彻底没有预设的，没有任何先验的、绝对的存在，也没有一个全能的上帝。人人都可以通过修行而觉悟，这也给了我很大的精神力量。

上山，是在一个充满生机的夏天。

那时我马上要从北京大学毕业了，完成了毕业论文，课程基本结束了，我便以居士的身份到寺院常住。那时，男众居住的地方，是从山头向下挖出的空间，可以说是一个大的地下室。室内摆满上下铺，至少有七八十人吧。在这样的环境中，我却并未觉得难受，心中充满了对新生活的向往，及与他人结识、切磋的快乐。那时还有好几个与我一起发心的朋友，他们来自天南海北，都有各自有趣的故事。

最初的日子，过得自由、安心，且专注。

每日天未亮，睡眼蒙眬之际，约莫四点，清澈的打板声开始在清幽的山林、院落间回荡，凌晨四点半上早殿，六点一刻用早斋。接着，大家带着平和、喜悦的心境，开始一天的劳作与学习。十一点十分用午斋，下午一点一刻起床，各自用功，然后继续大众的劳作与课程学习。晚上五点上晚殿，六点用晚饭，七点开始晚上的课程。在晨钟暮鼓间，我的身心似乎回归田野，生命中只剩修行与思考。一个师兄告诉我，当我们的心慈悲而润泽时，身边的环境也会充满生机。他带我看古柏斜生的纹路，看叶子上长出的小果，他掰开果子那嫩绿的脆皮，露出里面的籽，我感到新奇而有趣。

北京的夏夜，天黑得很晚，晚上九点多还能清晰地看见不远处山上的翠柏与白石，映衬着近树婆娑的影。我有一种家的感觉，我觉得自己是属于这片土地的。

正如麻省理工教授的回信所说："这是一个人一生中最重要的时刻：认清自己的道路！"这一刻和之后的很多时刻，我都很清晰地知道，属于我的"道路"就在我脚下，在我心中。

方外生活

二〇一〇年农历九月十九，我正式开始了方外生活。

我承担了寺院的博客、微博运营工作，撰写有关佛学理论和日常生活的文章。此外，我还要负责拍照记录，用于发布微博。这个岗位比较类似于今天的新媒体运营。我将这份工作视为难得的学习机会，更视为支持和帮助大家的机会。通过访谈不同部门，我记录了不同岗位的人们如何在自己的本职工作中修行、生活，如何在工作中保持觉察、慈悲和智慧。我采访了负责工地、厨房、有机农场等部门的师兄、同学，我会和他们一起工作，并记录他们的故事。对一个刚刚离开学校的毕业生来说，天南海北的人的故事，他们的经历、生活、心态，都极大地拓展了我生命的宽度。

二〇一二年冬天，我们着手进行一项庞大的文化工程：校释律典。

我看到身边的同学因对戒律有困惑而不安，本着为他们答疑解惑的目的，也为了帮助大家更好地学习、生活，我成了这项工作最深入的参与者，这一做便是三年。从书籍使用标准的制定，到行文的表述方式，因为缺乏可用的规范，我们必须自己一点点摸索。面对有些混乱的局面，我下定决心要解决这些问题。在这条曲折而漫长的道路上，我始终坚定地前行。

有一段时间，我住在天津。那是居士提供给我们居住的一套普通公寓，八十多平方米的空间，却要住八到十人，最多时十一人。这么多人住在一起，有时上厕所都需要排很久的队。在狭小的空间里，一切都是那样局促和平凡。周围是老旧的居民区，楼道里很阴暗，有许多污垢和杂物。唯一值得投入心力的地方，只有略显枯燥的工作。一旦投入到工作中去，也就忘了其他。艰涩的律典，也能铺开思想的画卷，人深入其中，便有许多收获和成长。当时，我写了一首小诗聊以自勉：

明月常朗照，夕阳永慈悲。
长江万古流，飞雪沁我心。

以永恒的事物为伴，就如李白的诗句："举杯邀明月，对影成三人。"

二〇一四年年底，我主动申请组织律典校释的最后一轮工作，并和另两位同仁合作起草了校释标准。其实，当时已经校注过两遍了，但因大家水平参差不齐，且没有一个人接受过专业的古汉语或校释训练，书稿质量堪忧，很多工作几乎需要重新再做一遍。我很清楚，自己面对的将是一项艰巨的任务。

接下来的每一天都是搏斗。和自己的身体搏斗，也和各类难题搏斗。因为过度劳累，眼疾与咽炎复发了，身体抖动的状况也达到顶峰。仅凭几位同仁带头是不够的，还要培养一些校释人员，而他们中几乎没有一个是中文系毕业的。现在想想，那真是我人生中最拼尽全力的时候，我把全部的身心都投入其中了，"宁舍阳寿二十年，令南山律典广布人间"。

我希望把自己忘掉，全然地投身于这项伟大的事业中，此刻它就是我生命全部的意义。

在这样的时刻，我的内心常升起一轮红日。那是同我一起工作的后辈带给我的力量。我感受着他们的需要，也感受着他们的坚定和虔诚。我知道，在追求理想、叩问生命答案的道路上，有同行者是多么难能可贵之事。当大部分人都沉浸在小我的生活中时，却有这样一群人，试图净化社会人心，不管他们的理想能否实现，不管他们的做法是否有效，这股纯粹本身就极可贵。我很感激曾置身于这样一群人中。

二〇一五年七八月份，校释工作终于进入繁琐的收尾阶段；十月，书籍正式出版，一共三十二本。我终于卸下重担，我想，如果这时离开世界，也没有什么好遗憾的了。多少未曾分享的艰辛、多少未及流出的泪水，不就是为了书籍出版的这一刻吗？但是在这一刻，我又觉得自己似乎失去了生命的意义和方向，进入极度耗竭的状态。三年的校释，令我身心俱疲，不知接下来自己要走向何方。研究枯燥的文字、学理，并非我的兴趣所在。我还是更喜欢和人打交道的工作，即便要研究一些问题，也希望是和人的心灵相关、关乎他人福祉的问题。当初我放弃走数学的道路，是因为它让我感觉孤独，越来越抽象，脱离真实的生活、生动的人群，而此时的研究工作，又何尝不是如此？这种生活与我最初的理想，已经有了较大的距离。

二〇一六年，在母亲的推荐下，我看了一些心理学的书籍和课程，对心理学产生了浓厚的兴趣。没想到，这也为我日后下山埋下了伏笔。

初探心理学

母亲开始关注心理学方面的知识，也是从我出家之后开始的。受我的影响，她也希望多了解人的心灵，这样更能理解我，也能避免我走上歧路。她当时参加了好几个心理学工作坊，还考取了国家心理咨询师的培训证书。一直到现在，她还会经常向我分享学习心理学过程中的各种收获和心得。

岳晓东博士的《登天的感觉》是母亲推荐给我的第一本书，这本书记载了十个心理咨询的实际案例，来访者在咨询之后，都有非常明显的变化和成长。书名"登天的感觉"也寓意心理咨询能帮助人走出现实的迷茫，登上心灵的高峰，解开心结，领悟自己的人生，这种感觉犹如"登天"般美妙。在书中，我发现了一条新的道路——在自我成长的同时，助人成长。读完后，我对心理咨询产生了浓厚的兴趣。

其实，我最早接触心理学是在高中。当时我希望掌握一些面对考试、调节心态的方法，并期望更好地帮助身边的同学。有了这两点考虑，每周我会去一次学校的心理咨询室。我的一些观念与很多人不同，他们认为去做心理咨询，意味着自己有问题，乃至说明自己是"神经病"，而我却把学校的心理咨询视作数学与传统文化之外的一种自我探索的方法及帮助自己成长的重要资源。

在学校的心理咨询室里，竞赛中的紧绷状态、童年的经历、与同学相处中的困惑一点点化解开。在最初的几次咨询中，我确实有很多收获和成长，但失望与怀疑也随着咨询的深入而不断累积。我似乎看到心理咨询的有限性，一些问题和内心的纠结并没有在咨询中得到解决，成长真是件不容易的事。

高三上学期，我因为和心理咨询师的一些观点不同，而终止了咨询。其后很长一段时间里，我都不看好心理咨询。时光匆匆，再推"门"进入心理咨询室时，我已是一名僧人。

二〇一六年上半年，我开始进入校勘《大藏经》的文化工程，对这项工作我其实没有太大的兴趣。曾经在南山律典中耗尽心力，身心俱疲，好不容易稍获喘息，我不想再深入一项宏大的工程了。那时，我是一个小组长，带着两个同学，调研相关的各种期刊、著作、研究成果，也学会了使用知网、万方等数据库和网站。但我更喜欢和两个同学聊一聊他们的生活和成长，我们在休息的时候，一起在阳台上散步，眺望远处的山峰与城市。能给他们一些修行上的帮助，我特别开心。而领导交代的工作，我反而觉得索然无味。工作之余，我也会学习一些母亲推荐的心理学课程。

到了夏天，寺院需要老师开课讲学。当时，我自告奋勇，承担了这项工作。由于我的课程颇受欢迎，到我离开为止，听我讲课的学生前后加起来有两百多人。授课的过程，满足了我的两个心愿：一是深入人群，真正地帮到一些人；二是通过教研的过程，深入研究一些有意义的问题，涉及古代的经典，也涉及人的内心。我的教学中，始终贯穿了传统文化与心理学的双重视角。

在此过程中，借助心理学这个新的参照系，我对身边人的修行心态有了许多的反思。

第一点是，不少人修行之后，骄慢心却越来越大。为什么呢？因为他有一种优越感，不知不觉中，和家人、朋友乃至领导相处时，他无形中在告诉他人：我的生活方式、习惯、见地等是最优越的，要远超于你；或者你们都是无明的众生，需要我来帮助你们。其实，这种优越感是非常有害的。

对心存此种优越感之人，有的人会毫不留情地批评，认为这是在帮助他人减少傲慢之心。我也曾学着用这种方式批评后辈学人，却慢慢感到不对劲。被批评者虽然一开始会因信任而选择接受批评，但长久便会生出抵触心理，乃至通过伪装将自己保护起来。而批评者则自视高人一等，容易滋生傲慢。如此，批评者和被批评者都没有得到真实的利益。

其实，通过行为与心理学的对照，我知道了，傲慢是一种自我保护机制。我们在生活中会遇到一些傲慢的人，有些人看心存傲慢之人会不顺眼，于是加以批评、指责，但这种做法其实不一定妥善。世界上有太多的评判和比较，有很多的挫折，让我们感到难受，这时总需要有一种方式让自己好受些。而傲慢，就是通过高人一等的心态，让自己感觉好些。如果有人通过批评、打击别人，把他们内心的屏障去掉，让其很痛苦，他们可能会去别的地方寻找一种心理平衡，证明自己还是比别人强的，自己不是一无是处的，重新建立内心的屏障。

我在心理学的学习中体会到，真正克服傲慢的办法，是营造一个平等、友善、包容的人际氛围。在这种氛围中，我们能够比较客观地看待自己，不需要用骄慢心去保护自己，因为做得不够好也是被允许的，是被大家接纳的。我们会感到这个场域很安全，别人都很尊重自己，既不用刻意地去赞美和夸奖，也不用担心遭到贬低和打压。在这样的氛围中，大家会自然而然地将自我防御放下，也就不再需要傲慢。在这种氛围中，每个人都能逐渐得到疗愈。

第二点是，关于"中道"的理解。所谓"中道"，也就是不偏不倚：既不偏于苦行，折磨自己的身心；也不偏于放纵，沉溺于欲望。我们在实际生活中，很多时候坚持的偏于严苛的苦行，已经偏离了"中道"。就像我们说的"惜福"，类似于提倡节约。这本是一个很好的习惯，但有些人的做法简直让人匪夷所思。我曾遇到有居士要求我们吃饭一定不能剩，说不能浪费十方信众的供养，有时也确实造成一些不方便。还有一个居士，曾以柿子供养僧团，后来看见垃圾桶里的柿子皮，对我们说："柿子皮你们怎么扔了?! 柿子皮也可以吃啊，佛门里不是讲惜福吗？"这搞得大家从此以后吃东西都很谨慎。

在佛陀时代，曾有一个富家子弟，因过惯了奢侈的生活，出家后非常不适应，很难坚持修道。佛陀知道后给他安排了一间非常豪华的房间，让他在里面修行。这个富家子弟因有了更适合自己的修行环境，很快就获得了证悟。这说明，修行重在修心，而不在于外在的物质环境是多么苛刻，更不在于对人心灵的打压。过度苦行会压榨身体，压抑内心，使修行无法顺利进行。学习心理学，则强化了我对这一点的认识：只有基本需求得到合理满足，我们心中才更有空间，更有力量去修行。从"中道"思想中，我看到了对人类基本需求的尊重。

第三点是，我从心理学中学会看到和表达自己真实的诉求。很多人强调"忍辱""调心"，认为生气属于"嗔心"，是烦恼，于是养成了逆来顺受的习惯。有些人甚至走上错路，变得是非不分，极为幼稚，容易上当受骗；面对别人的伤害，一味地压抑情绪，试图将问题归于自己，但愤怒并没有消失，而是隐藏在心中。其实，以上所有的方法，都重在保护我们的心，避免心被负面情绪伤害。如果表面压抑住了自己的愤怒或诉求，乃至唯唯诺诺，不敢坚持自己的主张，内心却很拧巴，依然有许多不甘，如此不仅达不到修行的目的，烦恼反而更多，自我伤害反而更重。修行，可以帮助我们更加辩证地看待问题，所谓"好而知其恶，恶而知其美"，如果我们能从伤害和挫折中成长，从长远来看是有收获的。但是，这并不意味着我们要上当受骗，允许自己被伤害。我们要有明辨是非之心，敢于捍卫自己的权益。

我们捍卫自己的权益时，更要守护自己的内心，不要让内心为愤怒、仇恨所蒙蔽。我们应基于慈悲地发心，既悲悯自己，也悲悯他人。推己及人，希望所有人都能获得健康和幸福。在自己获利的同时，我们也为他人留有余地，尽可能不去伤害他人。

看到他人真实的情感和需要是非常重要的。我们不能只想着教条，只想着去改变别人，而忽略了每一个人真实的痛苦和快乐。真正的慈悲，首先要理解和回应每一个人内心的诉求。有的人在面对他人的求助或痛苦时，总想用道理或教义改变对方，甚至认为只有让对方完全遵照自己所认可的标准行事，将他纳入佛法或其他某种规范之中，才是正确的——这是一种偏狭和以自我为中心的习惯，很容易激发对方的逆反心理。

最后，我们常说不要有贪心、嗔心，但有时却对自己苛求和期待过高，急于获得某种结果——其实，这也是一种贪心。而在做不到时，否定和打压自己，自己排斥自己，这是一种嗔心。所以，真正修行的状态，是保持平常心，如实地面对自己，不疾不徐地向前走。在自己和他人做得不够好的时候，学会坦然接纳。

从前，我为了心灵探索、不断成长，找到了佛学。此刻，心理学为我打开了一扇新世界的大门。

下山归来

二〇一八年七月稀松平常的一天，凌晨四点钟，我准时起床，赶在破晓前吃完早饭，收拾好行李。六点左右，我搭乘一辆小轿车下山，回看峻拔的大山，青翠的山林，蒙蒙亮的天空，我内心感慨万千。此刻距离上山，已有八年之久。

汽车沿着陡峭的山路行驶，身后的建筑如同一条青色和红色的长龙，沿山谷的一侧向下延伸，如此巍峨雄壮，又如此亲切。想到曾经多少个日日夜夜，我们在这山坡上轮番抢工，在刺眼的工地灯光下搬石头和水泥，正因这一砖一瓦的努力，才有了今日的繁荣。

汽车抵达北安河地铁站，随后我经4号线抵达北京南站，踏上开往天津的高铁。自此一别，物是人非。

我下山的消息很快被媒体知道，再次成为新闻热点。但真实的情况是，下山之后，我成了人间的漂泊者，在北京、天津、苏州、河源多地徘徊，辗转于酒店、居士家与亲戚家间。因为长年的劳累和本身身体底子较弱，此时我的体重仅有九十多斤。身上背负着他人的期待、社会的期待，以及自己的期待，我能做些什么呢？脱离社会八年，我才发现自己一无所有。我急需通过某种方式和社会接触，为大家做点什么。

白天，我会见一些学者、心理学老师，参加一些心理学工作坊。这些对别人而言无比正常的事，于我却是一种沉重的负担。我渴望交谈，希望结交朋友，但身体却很容易疲劳，讲一小时话就会感到疲惫。

夜晚，我的睡眠不好，时常困于睡眠瘫痪症，头脑是清醒的，身体却动弹不得，窒息感扑面而来。我常在一片漆黑中醒来，四下无人，唯有孤独与无助充盈心中，只能安慰自己，一切都会过去，一切都会好起来的，只是需要时间。因为接纳，在这困顿的时光中，我仍心怀希望。

最初，北京的一个居士提供了一处商住两用的住宅，我和一个朋友暂住在那里，并为有这样一个落脚之处感到很开心。有一天，居士来家里突击检查，之后就不让我们住了。他拍了一段视频给我：家里的花枯死了，床铺和桌子没有收拾好，厨房的锅没有洗，里面有蟑螂。就这样，我们失去了在北京的落脚点，与我同住的朋友也离我而去。后来我想，这确实是我们的错误，其实在生活方面，我是比较弱的，不太会照顾自己，总是专注在工作上而忽视了其他。我仍要感谢那个居士，以及当时许多朋友对我的帮助和提醒。

二〇一八年七月，我第一次提出了"佛系心理服务项目"，并开始在网络上帮助来访者。同年底，在王铮老师、徐凯文老师、曾海波老师等心理学大咖的支持下，我们有了一支技术过硬的心理咨询师队伍。二〇一九年，我们推出免费的心理疏导服务，我用自己微信公众号的打赏负担咨询师的劳务费，帮助一些付不起咨询费用的来访者，最多时每月进行一百多人次的免费心理疏导。其中很多人写留言向我们表示感谢。二〇二〇年三月，我们又推出免费的"心音心理服务热线"（4001255525），希望帮助到更多有情绪困扰的朋友，这条热线目前已经增开了三个座席，到现在已接听了超过一万三千次来电。二〇二一年下半年，我和徐凯文老师、宋彦老师主编了《社会心理服务工作手册》等系列图书，供工作内容与心理相关的医护人员、社工、教师等使用。

我还开发了许多课程。二〇一九年初，我推出了"菩提之友"项目，试图将心理学与传统文化相结合，探索出一条将西方心理学本土化的道路。初期由于我身体的原因，只是推荐书籍、文章供大家阅读打卡，后期我讲授了"基础心理学""心理咨询实操课"等课程。可以说，下山的这几年，我的事业发展得还不错。

与此同时，僧衣越发成为我的枷锁。我渴望接近人群，但时常感到我和大众之间有一层隔膜。他们总是先关注我的身份，而后才关注我的话语。他们也常因我的身份而不能接受我的声音，在社会上行走，各种顾虑真的很多。

犹记得住在天津时，我出门买菜，周围人总会露出奇怪的眼神，那眼神似乎在说：怎么出家人也会买菜？后来，我每次都用蒙着帆布的手推车装菜。僧衣不得脱下，事实上，哪怕脱下僧衣也不能随意，我们坐、立、行、言样样都有规范。而我也是一个普通人，我渴望做真实的自己，也许是一个疲惫的自己、孤独的自己，但同时也是坚强的自己、纯真的自己，从来没有忘记初心的自己——我希望人们能接受这样的我。

因为出家人身份的限制，我不可从事与经营、赢利相关的活动，所以我们的多数课程、活动都是免费开放的。然而像"菩提之友""明心慧爱"这两个项目，每年都需要一两百万的支出，全靠居士的善心捐助。这种捐助+免费的形式，在实际推进的过程中，为多方都带来了不稳定性，课程和咨询的实际效果也未达预期。

一方面，对参与者来说，稀缺效应意味着，越容易得到的，越不会珍惜。对免费的课程和服务，很多受众会带有一种随意、轻忽的心态。反之，参与者付出越多，则越会珍惜。心理学行业的收费，一定程度上可以提高来访者对心理问题的重视程度，以及自我改变的动力，而纯免费的心理服务、心理课程，一般效果都会打折扣。

有一次我为一个网友做完免费疏导，也反馈了他的一些问题，并给出了建议，但他却不重视我说的，还说："要不您还是给我介绍一个正规的咨询吧。"当时我很委屈。其实我已经做了许多，充分地理解了他的问题，也给出了专业的分析和建议。我相信他也是有一些感触的。但他并不认为这样就能帮到他，可能以为我只是在和他闲聊。

我们还经常遇到来访者迟到、缺席的情况，或者只是想随便聊聊，并不想改变和成长。疏导师也常有这方面的抱怨：在来访者不够主动、有些轻忽的情况下，很难开展工作。

另一方面，对与我并肩作战的团队来说，他们的生活压力并不会因为做好事而减轻。他们也需要在这个城市生存，年轻人渴望有自己的家庭，年长者也肩负着养家糊口的重任。而我无法给他们一份理想的薪酬，让他们的生活获得安顿。有一次过完年，一个工作人员流着泪对我说："这回过年，我想给我爸一千元的红包都掏不出钱来。我东拼西凑，也只能孝敬他八百八十元。"那一刻，我心里很难过，不知如何去安慰他。

还有疏导师质疑说："你介绍的这个来访者明明很有钱，比我有钱得多，但他就是不愿意花自己的钱做咨询，而我却要为他提供公益服务。"面对这些非议，我也很无奈，只能尽力去安抚大家的情绪。

追寻理想的路上，倘若无法收回开展事业的成本，做出实际的经济产出，团队成员的收入就无法得到保证，无法留住高素质的人才，也无法提供更多的课程类型、更高的课程质量。当时我就意识到：这种模式是很难令事业持续发展的，更难推广。这样的实践领悟，一定程度上促使我还俗后加入华夏心理时，采取免费+付费并行的产品模式。

二〇二一年下半年，是我最彷徨的时候。最初，还俗只是一个偶然浮现的想法，如同飘落的雨滴；渐渐地，雨滴汇聚成一条溪流，时常徘徊在我的心中，使我不能不去面对、去深思。在某一刻，我惊讶地意识到，这似乎是一个更适合我的选择，尽管，这是许多人不愿意看到的；尽管，我自己也很难接受它。

那时，我思虑过很多。还俗之后如何应对媒体的压力？如何面对曾经相信我的人？找什么样的工作？要不要结婚、生孩子？如何养老？这些我都和朋友、老师认真讨论过。最后我想清楚了，我的选择在短期内肯定会让一些人难过，但从长期来看，真正重要的是我实际的身心状态，是我所做的事情，而非我的身份。真理是超越身份的，善行也是超越身份的。与其继续成为大众心中的一个念想、一个符号，我更希望真正活出自己，保持更好的生命状态。我希望抛下一些包袱，和志同道合者相互支持，做一些实实在在的事情。如果有人真的重视我，他应该会从我所做的实际的事情中获益。同时，我身边团队中的伙伴们，也是众生中的一员，我也希望他们能过上更好的生活。

面对许多人的伤心、不理解，我只能对他们说："我依然深爱着你们，我依然希望为你们多做一些事情。但，每个人都有自己的选择，我们也要为自己的生命负责。"

脱下僧衣，云淡风轻

　　有半年的时间，我常常问自己：到底什么才是修行？什么才是适应这个时代的修行方式？这是为众生，也是为我自己。我曾经将自己与宗教绑在了一起，希望凭一己之力，做出一些改变，让其适应时代，更好地服务于人。但只要披上僧衣，我便似乎成了异类，不得不暴露在万众瞩目之下接受审视。人人期待我做出高尚的或与众不同的举动。大众对方外之人，一般只有两种看法：神或者骗子。居士们则对我们有两方面的期待：一方面希望我们是大彻大悟的圣人，会各种神通变化，通晓世间所有学问；另一方面希望我们常常陪伴他们，满足他们的各种需求。这些情况以及现在事业上的身份不便，让我不断思索，什么才是适合我的路……有了还俗的想法后，我问了许多人，了解他们的看法，并从不同的角度分析还俗的利弊。我考虑的主要是两方面，一方面是对身心状态及修行的影响；另一方面是对大众的影响，因为我是公众人物，我担心自己的选择会让许多人对信仰失去信心。

　　在那段艰难抉择的时光，所幸有几个朋友和长辈，一直通过网络陪伴着我，见证我的所思所想。当我纠结、低落的时候，他们只要有时间，都愿意陪伴我。我问："为什么现在对我这么好？"有一个朋友对我说："以前我以为你很好，不想打搅你，只是远远地祝福，相忘于江湖。但其实我一直都在。""本以为是清净之地，却怎知你十年沉浮其中，身心俱疲，无处安放这孤独、伤痛的身心……"

有一天早上九点，我给这个朋友的微信陆续写下了以下这些留言：

今天又开始有些抑郁了。陷入一种悲观绝望之中，觉得这个世界太苦了。

还有一种特别无聊，百无聊赖的感觉。

我的绝望可能来自，想要给这个世界带来改变，实在太困难了。

欲渡黄河冰塞川，将登太行雪满山。

闲来垂钓碧溪上，忽复乘舟梦日边。

行路难，行路难，多歧路，今安在？

九点二十六分，我写道：

嗯，刚才想到孔子，虽处于陈蔡绝粮的逆境之中，仍然从容自若。

九点三十六分，我写道：

佛教的本义很简单，无非是了解自心，回归自心。一切宗教都是从一心中开演出来，也需要回归心性，而非外在的形式。当今世界，需要的是对话与融合，而非相互区隔。是帮助每种精神传统成其为它自己。

也帮助每一个人，成为他真正的自己。

与古今一切圣贤为友，以一切人类的优秀精神传统为养料。

圆融无碍。

十点零八分，我又写道：

现在我不抑郁了，我找到出路了！

知道你在上课。虽然你没说什么，但谢谢你的见证。

我觉得我的抑郁也代表了很多人在精神探索中的抑郁。所谓"以一切众生病，是故我病"，我思想的转向，也是在为大家探索道路。

我由数学入道，由道入儒，由儒入佛，由佛入心理，最后走向星辰大海。

还俗之前，我希望抓住最后的时间，多做一些有意义的事。我讲授了公益课程"禅智慧与心理学导论"，并组织了一些讲座，为"菩提之友"和"明心慧爱"项目画上句号。

我向所有的朋友逐一告别，通知他们我即将还俗。不久之后，不再有释贤宇。

有许多人挽留我，乃至有些人批评我。

有一位老法师，语重心长地对我说：

您还年轻，已具众多资粮，为他人所无，假以长时学习，前路宽坦。

~~辛苦中奋勉前行，何人不是如此？~~

小小挫折、辛苦，正好锻炼心志，孟子云"天将降大任于斯人也"。看三十、五十年。看三十、五十世。自然小小失败、辛苦，不足挂心。

他连续发了十几条这样的劝导，苦口婆心，我几乎流下泪来。

还有许多类似的留言，也曾让我黯然神伤。但我没有犹豫，没有后悔，只是感到遗憾。毕竟我要脱下这一身曾经最珍爱的行头，放下期待，重新出发。我将用依然不退的发心，继续行走人间，做我该做的事，成为我该成为的人。

我将想要还俗的想法告诉母亲，她用轻松且高兴的语气说了声："太好了！我们支持你！"然后又说道："过年应该和家人团聚，一个人在外面太孤单。回来的票要早一点买，学生放假后就不好买了。票定了就告诉我们，到时候好去接你。"

二〇二二年一月三十日，农历腊月廿八上午，我通过网络，远程联系了出家的朋友，做了最后的忏悔，接着说出"我下定决心还俗做五戒居士"，便完成了身份的转换。是的，成为僧人需要很多繁琐的过程，但是还俗仅仅需要一句话。接着我便换上俗服，回归红尘。

一切风轻云淡，我的心情也轻松起来。

还俗后的第一件大事，是前往牡丹江市，调研当地社会心理服务体系的情况。因为曾经主编的《社会心理服务工作手册》等系列图书就是我与当地的老师合作编撰的，所以也首先提供给当地使用。回北京后，我开始投入到心理咨询行业中，后来一家老牌的心理咨询公司——华夏心理，邀请我做华夏心苑事业部的合伙人，创建了一个新部门，继续推广我此前研发的心理课程。

融入大众的生活，我并无多少不适，反倒有一种超脱之感。我已经出过家，世间早已没有太多可以挂碍的事物，如果让我随时离开这个世界，也不会留下什么遗憾。天地广阔，我不过是人间的过客，匆匆来去，只希望尽可能为世间留下一些美好、一些启迪。

最初的几个月里，我感到放松，可以真正做自己、表达自己的真实感受。那段时间，我经常沉浸在一种喜悦的心情之中，得以休养生息，我也胖了八公斤，看上去壮实不少。

但作为居士，我仍持在家五戒。

我住在通州一个精舍里。早上七点起床，骑自行车到地铁站，然后乘地铁一个半小时去单位上班，晚上再乘地铁下班。但我并不觉得有任何辛苦，反倒很享受一路春日的美景。

我保留了很多出家时的生活习惯。我准备了一个捕虫网，用来放生误撞进房间里的小动物。不管是蜜蜂、飞蛾，还是苍蝇，当它们在房间里惊慌乱撞的时候，我会趁它们飞行缓慢之时，小心翼翼地把它们网住，用手指捏住网兜，快速走到阳台上再松开，那些小生灵就会重归自然的怀抱。

但还俗后，我的身份发生了转变。某种程度上我以"创业者"的身份，成了中关村写字楼里万千上班族中的一员，必须学着理解自媒体时代的直播逻辑与大众话语体系。心理实操课的报名人数翻了好几番，对团队管理、课程质量、销售代理质量都提出了非常高的要求。有任何一环跟不上，都会导致最终的结果受影响。这段经历再次让我意识到：一个好的商业模式，才能走得稳、走得远，才能在这个时代更多地普惠众生。

我每天的日常很简单，早上八点钟左右起床，晚上六七点钟下班，有时晚上处理些工作，和其他上班族没有太大区别。唯一的不同是，心理咨询行业在周末还有来访者或者课程，所以我的休息时间在周二。

最初，在工作上，我有点不适应这样快速的节奏和规模，身体也有些吃不消。但我相信一点，最宝贵的资源是我内心的状态，只有内心能面对这个焦虑的世界，能够找到自己的心安之所，我才能把更多力量传递给大家。我逐步调整自己的节奏，在外在的要求和自己的身心状态之间找到一个平衡。

这时，我发现过往所有的磨难，都成为今日难得的经验和养料。我早已适应了高强度的脑力劳动。多年来，应对压力和疾病，我也积累了不少经验，学会了及时照顾自己的身心。

有一天，我做了个吉祥的梦，醒来后我写下：

　　紫色的夜空庄严而深邃，如同一片平静而圣洁的海洋。明月的光亮透过树木褐绿色的枝杈照射下来，明月如同一颗丰硕而璀璨的珍珠，辉映着珊瑚琼枝，在深邃的海洋里悬浮。树叶在月光下呈半透明状，散发着淡淡的光辉。

　　那一刻，我的心也如花朵般绽放，满是喜悦与慈悲。

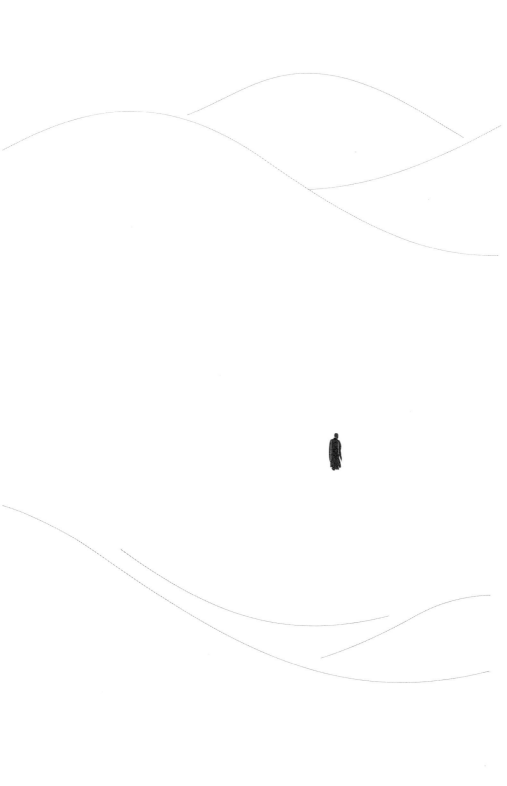

第二部分

书山有路，乘道而行

赢，不必赢在起跑线

　　小学时的我，对学习有着复杂的感情。一方面，我是老师和父母眼中乖巧听话的好孩子，成绩虽然不算特别拔尖，在班上排前十名左右，但也经常获得老师的表扬。另一方面，学习曾带给我很强的挫败感。

　　我有两大问题，一是字写得不好，二是容易粗心，总把会做的题做错。这两个毛病我当时很努力地纠正过，却收效甚微。

　　我从小动手能力就差。幼儿园时，只要涉及动手操作的事情，我经常比别人慢半拍。就连吃饭也比别人慢，经常是在老师的催促下我才最后吃完。

　　上小学后，写字对我来说是一件痛苦的事情。我握笔总觉得别扭，写字经常歪歪倒倒、缺笔少画。我还记得因为听写错误被老师罚抄错字，一个错字抄一页纸。我艰难地移动着手指，越抄越觉得手指僵硬，不听使唤。而我尽最大努力抄下的字，却越写越难看，完全达不到老师要求的标准。那满满一页纸的空格，对我来说是如此枯燥和艰难。我咬着牙完成这项任务，因为我是一个听话的孩子。实际上，我的内心烦躁又难受。当我把抄好的一页纸交给母亲检查时，她发现我又抄错了好多个地方，其中有几处缺笔少画的情况，和最开始是完全一样的。我几乎崩溃了，大哭起来……

语文对我来说是枯燥和痛苦的，数学则是又爱又恨的存在。明明是会做的题目，我却总是出错，考试经常发挥失常。犹记得有一次期末考试，题目不难，班上很多同学都在90分以上，我却只有89分，我难过得大哭起来……有人问我是不是小时候数学成绩就很好，但其实和大家想的很不一样。事实上，我做基础题经常出错，而面对难题，当时也不过尔尔。小学时我多次参加"华罗庚金杯赛"等数学竞赛，却没有获得奖项。奥数题对我来说是有趣的，但获奖却又似乎遥不可及。所以，如果你或你的孩子也正处于这个阶段，在某个学科学习的初始阶段遇到困难，你不要着急，要允许这种情况的存在，并给予足够的耐心。

在这样的境况下，母亲给了我许多支持，她是一个很有主见的人，允许我不去做那些枯燥而无意义的作业。一年级时，数学老师布置作业，让我们把每道题做三遍。母亲说："你只做一遍就行。"当时复印店很少，老师让我们把试卷抄写一遍再作答，母亲就帮我抄写题目，然后我自己作答。起初，我还是挺担心的，害怕老师的批评、惩罚，但母亲告诉我："如果老师找你，你就说是妈妈不让你做的。"语文课上布置的抄课文、罚抄错字等，因为对我没有明显的效果，她后来也告诉我不必完成。

母亲起初也为我的学习感到焦虑过。当我一遍遍做错题、写错字的时候，她也很感挫败、烦躁、无力，还曾难过得掉眼泪。那时我和她都不知道该怎么办。我已经足够听话、足够努力了，而她也尽可能用心辅导了我，但前面提到的两个老毛病，不论我们做何种尝试，都看不到任何改善的希望，连续几年都是如此，我们只能硬着头皮前行。我当时只不过是一个普通的孩子，而我的母亲也只是一个普通的母亲，我相信我们的心路历程，或许也会让很多家长产生共鸣吧。

后来母亲逐步接纳了我的状态。她曾经向很多同事、朋友取经，一些家长告诉她，孩子小时候或许就是这样，不仔细、字写不好，并不是一下子就能解决的，等孩子发育、长大了，很多问题就自然解决了；要多培养孩子的长处和兴趣，不要和这些短处死磕。于是，她更加鼓励我按照自己的节奏来成长。我很庆幸有这样的妈妈，让我逐渐远离了那些枯燥和充满挫折感的学习模式。

其实，从心理学的观点来看，字写得不好，与手部肌肉群的灵活度有关，也与手眼的协调能力有关，是可以通过一些运动或感统训练加以改善的。我脑子反应很快，小时候比较心急，但是手跟不上，随着长大、增强体育锻炼，确实就好了很多。

粗心，涉及专注力的问题。随着年龄的增长，这个问题也得到了很好的改善，一方面是因为大脑发育了，专注力也不断得到训练提高。另一方面，我不断总结自己在哪些地方容易出错，也制定了一套行之有效的检查策略：对选择题中相近的选项，我会把区别之处勾画出来；题干中的"不"字我会重点标出；计算题得到答案之后，我会用首位和末尾数字进行核算验证。这套方法有效地降低了出错率。自初二下学期以来，小时候的两个老毛病，得到了一定程度的改善；到高中以后，就完全不会困扰我了。

成长是综合性的。现在想来，这些成长既是自然发生的，也和父母对我整体发展的重视有关。我从小体弱多病，父母很支持我锻炼身体，专门为我打造了一张乒乓球台，放在客厅，平时用作餐桌，铺开则可以打球。客厅并不是很大，正常的乒乓球台摆不下，因此我家的乒乓球台是定制的，比正常的要小。即便如此，那张乒乓球台摆开来也把客厅撑得满满当当，两个人打球的话，空间刚好够挥拍；有时人来不及跑位，球直接撞到墙上。一个人打球，空间倒是比较宽裕，可以把球台的一边抵住墙，通过墙对球的反弹来练习。我跟着一位教练学习乒乓球一年左右，身体状况有很大的改善，或许也间接提高了学习力。

我也观察到，有些孩子觉得学习非常困难或学某个学科非常困难，其实或多或少和生理及学习潜能有关。这些因素一定程度上是先天的，但是也可以通过后天改变。比如孩子有注意力缺陷，可以通过一些能力训练来获得一定程度的注意力提高。另外，对小学低年级及学龄前的孩子来说，适当运动对大脑的发育是极为重要的。与其让孩子提前学习那些难以掌握的内容，不如通过运动锻炼孩子的体能和身体的协调能力，这对长远的学习发展帮助更大。

人生是一场马拉松长跑，你不必赢在起跑线上。那些最初跑得快的孩子，不过是因为他们的天赋正好与这个阶段的学习要求相匹配，不代表他们能永远跑在前面。每个人的天赋、秉性是不同的，只有找到自己的节奏，才能跑出最好的成绩。

热爱数学，转术为道

外界说我是"数学天才"，其实我不这么认为。那时，我只是在坚持自己所热爱的事情。因为热爱，所以对一路的艰辛都能甘之如饴。小时候，我也是个爱玩的小孩，虽然很喜欢被老师表扬，但有时也感到学习没啥意思。

直到四年级，我遇到了生命中的贵人——刘嘉老师。上他的数学培优班，渐渐成了我每周最期盼的时光。每周六，我都要乘一小时的汽车，从武昌到汉口，只为听他的奥数课。普通的两层教学楼、满满地坐了一百多人的教室、红漆裂着缝的简陋桌椅，在我眼里却那么有活力。每次老师一来，就先给我们发讲义，让我们先做题，然后他再讲解。他很少让同学回答问题，爱表现的我完全找不到被表扬的机会。渐渐地，我就忘记了这件事，内心关注的不再是人我、是非、得失，只有解法中的思路和智慧。在这里，我发现了另一个世界——数学的世界，其中没有凡庸琐碎的攀比竞争，只有自然的美、人类心智的美。我的心，就在对这个世界的仰望中沉静下来。

一个好老师，能唤醒孩子的希望与力量。刘嘉老师对数学有自己独特的领悟。每讲完一道题，他都会从中延伸出一位数学家的故事、一种思想或一些人生境界。那些数学家精彩的一生，令我非常仰慕。他爱读《论语》《老子》，以及佛经、历史与文学，仿佛一切人类文化的精华他都有兴趣。五年级时，他开始在每周的讲义上印上一句《论语》或《老子》中的话，每次讲课前先解释这一句话。在他眼里，这些话蕴含的思想与数学是相通的。

刘嘉老师所教导的解题方法和思路，对我的影响非常深远。他反对机械化的训练，认为这不是在开发人本就有的智慧，他的训练更注重启发学生内在的洞察力和悟性。这种洞察力，或许可以用现象学中的"本质直观"来说明，也就是在纷繁的现象中，把握其精神内涵的思维方法。

在几何题的解析过程中，刘嘉老师会教我们看图形里的内在信息。有一些部分明明有连线，但是可以忽略；有一些部分看上去没有连线，却可以找到关联。他还告诉我们，解题最开始要发散思维，对题目中的条件做一些联想和转换，看到图形中哪些部分是已知的，哪些部分是有关联的，哪些部分是可以构造出新的关联的；然后把分散的关联集中化，尝试在图形的某个关键区域有所突破。

那时我有一个重要的反思。一些有天赋的学生，为了在数学竞赛中获得好成绩，拼命地刷题，可是他们的心已迷失于分数和外在的得失，因急着去训练做题的技巧而失去那最初的感悟与喜悦了。我们太关注眼前的事物，以致内心潜藏的智慧与光明被遮蔽了。对我来说，一个基础的知识、一种精妙的解法，仿佛都具备某种神圣性，在数学发展的历史上曾令无数智者的心灵深深地震颤。因此，当我依这种解法做出一道题目时，我的心也在随之共振。

大家公认数学侧重的是逻辑思维或者理性思维，可数学真正美妙、神奇的地方，是它超越逻辑和理性的部分，是对事物内在属性的深刻洞见。不管是代数、数论还是更高深的数学分支，我们都需要把复杂的事物简化，并看到事物背后深层的内涵。所以，当其他同学忙于解题的时候，我却试着培养一种化繁为简、把握本质的能力。

在人生信仰方面，数学也帮我做了非常好的铺垫。我在数学中找到了某种永恒而神圣的东西——数学规律，它们帮我建立了一种对自己的生命，以及天地苍生的敬畏。初中时，我读到《老子》《庄子》《孟子》《墨子》等传统文化经典，我把它们与数学结合在一起，形成一种自己所理解的信仰——敬畏自然，敬畏真理。

每次从刘嘉老师的培优班下课，乘坐公共汽车向家行驶的路上都会跨越武汉长江大桥。这时，我的心中常会出现一幅辽阔而静谧的图景。明月高悬，如同古老智者的目光。他们的智慧，从来不曾离开这个世界，仿佛乘着皎洁的月色注视着世间的万千变化。脚下滚滚的江水，如同历史的河流，滔滔不息。空间的阔远、岁月的奔流，智慧之光的映照，让我想将自己融于这幅图景之中，同时心中又勃发出盎然的生机。

天地为父母，圣贤为吾师，万物为吾友，我当自强不息！这便是支撑我探索数学，乃至后来获得奥数金牌的强大力量。

主动学习的力量

　　小学毕业了，在刘嘉老师班上的学习也告一段落。刚进入初中，我感到不适应和迷茫。班上有六十几个人，我的成绩只能排第十五左右。那时的我，有很多兴趣爱好。有一段时间，我爱上了写作文。又有一段时间，我很喜欢编程序，空闲的时间就自己编写一些简单的电脑游戏。我想，将来我也许会当一个程序员。转念又想，我的一生就是这样吗？想到未来，我感到有些迷茫，似乎哪里不对劲，不知道什么是我真正想要的。

　　初一时，我语文和英语的成绩并不理想，因为不细心，字又写得不好，所以经常被扣分。当时默写课文，每错一处扣10分，我曾因为错误超过十处，被扣到0分以下。那时我感到挫败又迷茫，不知道怎么办。让我看到希望的是数学，每当把其他学科的作业做完，翻开一本数学书，我会感到轻松和向往，仿佛长舒了一口气。

　　初一下学期，我再次回到刘老师的课堂，我体会到了数学的深刻，又从中得到了发现规律的乐趣，数学像一座高峰，屹立在我眼前，通向顶峰的路径是确实存在的。简洁而充满智慧的定理，巧妙多变的几何思维，都令我无比着迷。经历半年迷茫而艰难的小升初适应期，再次回归数学，我的方向一下子明确了。那种对智慧的仰望又回到我的生命中，而且比小学时更加强烈。正所谓经历失去和痛苦才知道珍惜。曾经那个懵懂的孩童，现在已经开始思考自己的人生。而数学，就是前方的灯塔，是一件我可以做好并获得成就感的事情，也是一门让我仰望的深邃的学问。原本不清晰的人生目标，变得清晰、明确了，可以让我用整个身心去追寻。

初二的时候，主动学习的力量迸发出来，推着我拨开眼前的繁华万象，去追寻那心海深处耀眼的光亮。同学们聊天、游戏时，正是我用功的时候。而上课，反而是我比较轻松的时候。我会在回到家之前把所有的作业都做完，回家后的所有时间都留给数学。中午我不睡觉，只是稍微趴几分钟，吃完午饭也不耽误，回到教室就开始学习。每天放学，我几乎总是最后走的。有几次学习忘记了时间，直到母亲很着急地来学校找我，我才知道已经晚上七点了。走出校园，伴着满天的星光，乘坐汽车回家，有一种别样的浪漫与惬意。内心沉甸甸的，充实而喜悦，我知道这是属于自己的道路。

举行运动会或其他活动的时候，只要有时间，我就会掏出作业，不分场合地做起来，哪怕是在瓢泼大雨中的一把伞下，或扒在教室冰冷的窗台上，我都会集中全部的注意力。这时，身边的一切就犹如浮云飘过。有一次，学校组织看电影，大家都必须要去，在电影院昏暗、嘈杂的环境中，我借着影片闪烁的微光，做完了一张物理复习卷。

为什么这么拼？没有人要求我努力，母亲甚至很心疼我，要我多休息。我从未如此清晰地感到生命是我自己的，而数学是通向智慧的大道，也是目前唯一的道路。我不甘碌碌无为地度过一生，不甘在他人的评价、名利得失中失去自己，不甘在琐事中徒耗光阴，不甘忍受平庸。这是我对自己生命的期许！那高远的生命境界、崇高而睿智的心灵走过的道路，时刻在我前方闪现。我一直渴望自己能透过纷繁的表象看到事物的本质，我喜欢深刻而富有思想的智慧。我希望自己通过对数学、对智慧的追求，获得更高维度的视角，看到万事万物以及生命中的更多本质，活得通透而有意义。

数学很难，但浓厚的兴趣让我不厌其烦地钻研，我在数学上收获了自信与解决困难的能力。后来学习物理、化学的时候，很多同学感觉困难，我却能迎难而上，还让父母给我买了很多实验设备，在家里搞了一个实验室。

我把家里的乒乓球台布置为实验桌，让父亲陪着我去买了很多实验器材和化学药品，有酒精灯、烧杯、试管、天平，各种酸、碱。父亲把原本装酒的橱柜下层腾出来，专门摆放实验用品。当时买过盐酸、硫酸、硝酸、磷酸等，还有氢氧化钠、石灰等，这些化学药品包装粗糙，气味刺鼻，一看就是工业用品，与它们相处时必须戴上手套，避免烧伤，但我仍然觉得很亲切。我重复初中课本上的实验，也自己设计一些实验，还尝试把物理和化学的一些知识融合、打通，探索一些交叉性的问题。初三寒假，我自己设计完成了一个关于溶液的电阻率与浓度之关系的实验，记录数据并写了一篇论文。

初二下学期，母亲给我买了文学经典读物，从阅读《老子》《庄子》等传统文化典籍开始，我对文科也产生了浓厚的兴趣，语文的短板被我逐渐补齐。初三开始，我的语文和英语也取得了较大的进步。初中毕业之际，我对好几门学科的兴趣都达到巅峰。

总结初中的学习历程，我觉得有一些方法是普遍适用的：

一是暂时放下外在的评判，以兴趣为先导；

二是用优势学科带动劣势学科；

三是集中精力逐个学科突破。

这些也是我对当今学生的建议。

文理兼修，乘梦翔翔

初三那年，我参加"全国初中数学联合竞赛""全国青少年信息学奥林匹克联赛""全国初中化学竞赛"，均得了一等奖。二〇〇三年秋，我被保送，顺利地进入了一直向往的全国名校——华中师大一附中（即华中师范大学第一附属中学）。

我的家，就在这所学校附近。小时候，我经常看到校园里哥哥姐姐们学习、运动、生活的身影。当我如愿以一个学生的身份踏入这所校园时，我感受到一种宁静、亲切，也让我对知识充满敬仰。在这里的学习生活，开启了我人生中最幸福的一段时光，我将它形容为"第二个童年"。

一入学，我们就进行了分班摸底考试，我考了年级第一，领先了第二名十多分。高一年级有二十多个班，我进入了理科实验班。我的父母很高兴，我也比较满意自己的发挥。

母校的教育非常开放，给学生充分发挥潜能的空间，理科实验班尤其如此，老师给我们许多的机会，鼓励大家在竞赛中深入发展自己，发挥潜能，取得成绩。我们曾经在学校的天文台观察行星，透过三百六十度的半球形银幕观看介绍天文知识的影片；我们曾经举行过化学滴定比赛，胜利者的奖品是一个巨大的烧杯；我们自己组织过许多次班会，同学们心意、品味相合，排演小品、设计游戏，精彩纷呈，带给人内心的震撼。一次次的活动拉近了彼此的距离，融洽和谐的班级氛围让我对这个集体充满感情和热爱。当时实验班里有多个竞赛组——数学组、物理组、化学组、生物组，每个小组都有各种夏令营、冬令营和外出参赛的活动。能够在这样的班级中学习、生活，我很幸福。

进入高中以后，几乎是在最开始，我的数学教练余世平老师就给我充分的自由和信任，他允许我完全按照自己的节奏去学习，可以不参加数学或其他学科的课程，也可以去找高年级的学长切磋。不过由于我对每门学科都是那样热爱，直到高一下学期的四月份左右，我才开始集中精力准备数学竞赛。

有一段时间，我在家学习，一周才去学校一次。余老师为我准备好训练的教材和方案，安排外出听课和交流，有时还会到家里来看望我，叮嘱训练的要点，对我有困难的地方给予点拨。余老师的教学方法，和此前我遇到的老师的截然不同，他认为学生的自学才是主体，而其他的一切课程、书籍、老师，都是为学生服务的。他会花大量的精力研究历年的竞赛内容，对题目进行筛选、分类，为我们设计学习和训练计划。

早期，还在学习知识点的阶段，我会在笔记本上整理各个数学分支的知识结构，并在脑海中一遍遍地推演。这些知识点表面上看起来是容易掌握的，但其实最精华的数学思想和解题思路，就是从这些知识点开始的。静下心来细细品味，便觉奥妙无穷。我学习数学最重要的经验之一，就是对知识结构的熟悉。在熟悉了知识点后，再按照不同的内容、题型做专项练习。

高一的夏天，学校推荐我参加了由南开大学和香港科技大学联合举办的"数学之星"夏令营。对高中生来说，这是一次难得的数学盛会。在夏令营上，我见到了南开大学的陈省身教授，以及香港科技大学的项武义教授，并与他们对话。与大师相遇，让我对数学背后的思想和人文精神，有了更深刻的理解。夏令营中所讲授的内容，其实并没有多么高深和困难，但在知名数学家的讲授之下，却体现出背后深刻的数学思想，让我受益良多。我原先一贯的风格就是注重数学思想，用思想来统领各种技巧，以直观来把握本质。在两位大师的熏陶下，我更加坚定了自己的道路，也丰富了思想的底蕴。来夏令营之前，我正遇到解题上的瓶颈，而夏令营结束后不久，我就有了显著的突破。

余老师当时是华中师大一附中的副书记，他承担着学校的许多重要职责，但同时在教学上也非常负责。在他的指导下，我培养起根据知识点、题型分类突破的习惯。起初，余老师提供的是一些经典的奥数教程，定期询问我的学习效果，解答疑难。随着学习的深入，我对基础的方法都已掌握、夯实，需要训练更加灵活的解题思路。二〇〇五年暑假后，我们马上要升入高三，是竞赛最关键的阶段。在六十多天里，为了通透研究各种竞赛题型，他的房间内，书桌上下、床上床下，到处都堆满了竞赛资料和书籍。好的题要做上记号，还未彻底弄清楚的题用铁夹子夹住，便于随时看到、思考，有不清楚的再去查阅其他书籍，想出答案。对不同国家的同类数学题目，他分析归类，提取精华，找到相似之处，这种有针对性的训练，补齐了我们的短板，提高了我们的综合能力。肚子饿了，他就吃点方便面；实在太困，就在地板上躺十来分钟，睁开眼又投入战斗。就这样日复一日地耕耘付出，他似乎也乐在其中，不知疲惫。

二〇〇五年，国家集训队开学的前两个月，正值寒冬，为了我能取得好的成绩，余老师继续牺牲自己的假期，研究各种题型，希望让我得到更精华的知识，宁可自己多花时间，也要让我少走弯路，在最短时间内掌握更多方法。他后来说："坐在书桌前越来越冷，虽然脚穿大头军用皮鞋，但背上冰凉，只得将床上的棉被也披在身上来保温。为了加快辅导速度，我是竭尽全力。"

"厚谊常存魂梦里，深恩永志我心中。"每念及此，我都十分感恩老师的倾心付出和无微不至的关照。没有老师的传道授业解惑，就没有我一路以来在数学上的突破和成绩。

在准备竞赛的过程中，我沉浸于理科知识的学习。同时，我也非常热爱理科实验班的人文氛围，这得益于我们的语文老师——文勇老师，他的语文教育给了我很大的启示。

犹记得，那是初中毕业后暑假的一天，我走进质朴而整洁的高中教室，独坐下来读一本《荀子》，身边的同学来来往往，排队报到，搬运行李，办一些手续。我就只是安静地坐在那里，心中是对他们的美好祝愿和对一个新天地的期许。一位老师走过来，面色慈祥，又有一种阳刚之气，我一愣，他仿佛早已与我熟识。我猜到，他也许就是父亲向我介绍过的文勇老师了，他将教我们理科实验班的语文。他微笑着对我说："柳智宇，来，咱俩拉钩。"懵懵懂懂中，这仿佛是一种契约，一段刻骨铭心的因缘就此拉开序幕。

在文老师的课上，我感受到内心从未有过的舒展。文老师不仅有渊博的知识、开放的心胸，他的言行之间还流露出一种感召力，让我感受到他对生命的热诚。每一本书、每一篇文章，经他讲出来都是那样生动活泼，直击人心，让我着迷、深深地感动。才上了两三节课，就有许多的观念深深地印入我的记忆，影响了我的整个人生观。

他传达的第一个概念是"人文关怀"，我认识到这是语文课的核心、文学的核心，乃至应该成为整个人类文明的核心。什么是人文关怀呢？它首先是爱，爱人，爱社会，爱众生，是对对方生命状态的体察、关照以及深深的共情。"语言是人类存在的家园"，文老师在讲每一篇文章时，都会试着带我们深入作者的内心世界，而不只是关注文字和理论。当一个个鲜活的生命呈现在我们面前时，我们对生命有了更深的敬畏，有时仰望，有时悲悯。这样读文章，内心也变得丰富而敏锐。

第二个概念是"人生态度"。在最初的几节课里，文老师就带我们讨论了"苦难"这个主题。他给我们看了许多有关人世间的苦难、个人生命中的苦难的文章，然后让我们思考苦难对于生命的意义是什么。理科实验班的竞争很激烈，许多同学都不适应，可能会悲观、消沉，也许文老师看到了这一点，提前给大家打了预防针。现在想来，这一课对我的帮助太大了。从高三以来，直至大学、出家，我真的经历了许多的坎坷。从更大的角度来说，人生"不如意事常八九"，不管是对历史上的人物，还是对我们身边的人来说，苦难都是生命的常态。对于我们这些一路披荆斩棘来到省城最好中学的"优等生"，认识苦难，便成为成长的第一课。文老师讲了很多，我印象深刻的是苦难能使心灵净化和升华，学会从苦难中蜕变、成长，苦难就会是人生的一笔财富。

在《庄子》中，我看到一切生命本性中的自由和光辉，超越于一切外物或评价。在文老师的语文课上，这一点更清晰地显发出来。那时我的心，常是平和安稳的；看身边的人，常是尊敬和关爱的；文老师的课，很深很广，同学们多嫌他的课高深难懂，我却学得如饥似渴。

我很快爱上了文学，养成了写作的习惯，高中阶段留下的许多文章，现在看到，我依然会有感于当时的那种热情。文老师对我关爱有加，对班上的同学也多以鼓励为主，他自己说常能从同学们身上学到许多东西。有这样一位老师的指引，这段时光我常觉内心坦荡、安然。

在写作的练习上，文老师采用了一个新的教学方法，让我们互相评改周记。当时的语文课代表是一位非常有个性、有文学天赋的男生，他总觉得文老师在周记上的批语还不够好，不够能理解他的用心，于是提出这个创意。他请我跟文老师说，因为我是最听话、文老师最喜欢的学生，我的建议大部分文老师都会采纳。果然，这个创意不久就开始推行。大家的积极性都很高，而且坚持得很好。三年下来，很多人都把写作内化成了一种生命的需要。不仅如此，这个方法还大大增强了同学间的交流，因为文字本身就有一种对日常行为、感情进行升华的力量，许多平时打不开的心结都在周记本上打开了，原本不太亲近的心灵也变得更加亲近了。

当我把自己的周记本恭恭敬敬地送到一个平时不起眼的女生手中时，她很感动。原来，她一直不适应班上学习中那么强的竞争，文老师的课她起初觉得很新鲜，后来就慢慢习惯，厌倦了。她对我在班上大出风头，发表各种高深的言论也很不满。当时班级中有一种不良的风气，就是嘲笑那些做不出难题的人，我自己有时也嘲笑他人。她在我的周记本上写了一些对我的批评意见，我看完后真的觉得自己错了，非常羞愧，就在下面写了一段作答，并说自己要改掉她指出的缺点。后来她对我说，在我把周记本递到她手里的那一刻，她感受到了我的尊重，这种尊重也成为一种重要的力量，帮助她从灰暗和自卑的生活中走了出来。后来，我们成了很好的朋友，许多赛事的进展我都会第一时间告诉她，她也会分享我的喜悦。以尊重和谦虚的心态待人，也逐渐成为我的一个人生信念。

美好的校园时光，就这样静静地流淌。每天做完题放松的时候，我都会在傍晚的学校操场上漫步，看看美丽的晚霞，听风吹过树叶的沙沙作响，观万物之静美。有时我会躺在草地上，看湛蓝的天空如同一个巨大的水晶球，澄澈无瑕；头枕青草，静听大地的心声；在视野的边际，环绕着楼房和许多高大的梧桐，其中有我家居住的楼房，也有我和同学们上课的教学楼，它们是那样质朴而亲切。

这片天地如此美妙而神奇，人文与科学交相辉映。有人问我，作为一个理科生，是如何学好文科的？其实在我眼中，不论是文科还是理科，源头都是对生命的热爱，对世界的好奇。是人文的精神，帮助我在理科中找到更多的乐趣，看到更美的风景。

忘乎得失，方可勇往直前

因为年幼时马虎，我经常把会做的题做错，久而久之，我做题时总潜藏着一种想法：这道题我会做错的。这种阴影还表现在生活的其他方面，比如重要的东西总是怕遗失。我会强迫自己每做一题就检查好几遍，这导致我整场考试都慌乱不已，但结果仍然经常出错。

初二时，我读到《庄子》开篇中鲲鹏的故事，让我有豁然开朗之感。"鹏之徙于南冥也，水击三千里，抟扶摇而上者九万里，去以六月息者也。"那种高远的生命境界，让我顿觉当前事物的渺小。"且举世而誉之而不加劝，举世而非之而不加沮，定乎内外之分，辩乎荣辱之境。"古代的贤者，不为外在的毁誉得失所动，让我大受震撼。"若夫乘天地之正，而御六气之辩，以游无穷者，彼且恶乎待哉！"循着自然的规律，把握六气的变化，游于无穷的境遇，还有什么可牵挂的呢！

至此，我的心态逐渐放开，慢慢地把做题当作一种享受和成长。我所关心的，不再是自己是否会失误，题目能拿几分，我只是投入当下，注意力也变得更加集中。这种忘乎得失的心态，让我在之后的学习和比赛中都能从容应对。

对多数人来说，最重要的考试是高考；但对我们来说，最重要的考试是全国高中数学联赛。因为只要获得一等奖，就能获得保送的资格。数学联赛并没有年级之分，我高一就参加了一次，不过因为学得太少，没有获奖。高二时，也就是二〇〇四年十月的数学联赛，就成为一场决定前途的考试。为了这次考试，我做了许多的准备。

九月初的时候，我的心态很好，连续几次模拟考试都是第一，有一次还得了满分。这时我做题就像呼吸一样自如，心中没有竞争的压力。这是自我修炼的结果，没了之前做题时的害怕出错，提心吊胆。此时，考试已经成了一种享受，它还能给我什么消极影响呢？在这段时间里，我还参加了物理、化学的全国联赛初赛。每一场比赛，我都用心准备，不为获奖，只为多参与竞争，积累一些经验。

每天傍晚，我都会去打羽毛球，除了锻炼身体，也是为了寻找机会，参与竞争，练习胜不骄、败不馁的心态。我把竞争当作一种享受，它不再是残酷的角逐，而成了一种艺术、一种游戏。我想象考试是一次飞翔，我在高空中俯瞰万物，在长风中奋力搏击。

可后来却出现了一些波折，先是我感冒了，那一天正是化学复赛，我硬挺着把试卷做完，感觉不是很好，之后一段时间做题的正确率大大下降。等病好了，又有一次，一道不是很难的题，我却花了很长时间都没有做出来，这让我对自己的实力产生了怀疑。做不出题的时候，我慌了神，完全失去了往日的风度。我内心很焦躁，不断地思考和尝试各种方法，试着快速找到突破口。在考试最后五分钟时，我做出来了，可那种慌张的记忆和手微微颤抖、心跳加速的感觉，已经印在我的脑海里，让我畏惧它再次出现。参加比赛，状态是很重要的，一段时间的"题感"、低落的情绪、自我怀疑都可能影响状态，但比状态更重要的，是调节状态的能力，因为任何人都不能保证一直成功。面对挫折、不理想的状态，能接纳自己，坦然向前，这样才能保证最终理想的发挥。所以，我选择更多地面对竞争，不怕失败，历练自己的心。

我每天傍晚在操场上散步，看夕阳，看天空，看白云，这是我与自然直接对话的机会，我的很多困惑都在这时解开。有一天傍晚，我静静地走，静静地想，似乎把很多东西都想清楚了。那时，我写下了一副对联：

成亦今生，败亦今生，天涯云归架长虹
进也我心，退也我心，海角浪尽见坦途

成功对我有意义吗？有的。失败对我有意义吗？也有的。它们都是一段经历，而每一段经历都有它的珍贵之处。人生不过是一段旅程，用自己的心去体验世间的种种。只有内心的体验是最真实的，而成功与失败更多是外在的评判和标签。守护此心，便能以喜悦与豁达面对一切的境遇。如莲花出水，无所染着；如长虹架空，照见万物。

那时，文老师组织"天天唱"，每天中午由一个同学带大家学一首歌。物理和化学比赛后，有些同学没有考好，很沮丧。有一天，我带大家学唱刘欢的《从头再来》，想用它去安慰没考好的同学。"在物理、化学比赛中，有些同学没考好，我想祝福他们，愿他们从头再来，一次竞赛不是人生的全部，生命中永远都有希望，永远都有坚持下去的理由。这首歌在我消沉的时候曾经帮助过我，我在这里把它献给在座的各位。"同学们认真地听着，大家和着音乐轻声哼唱，声音不大，但我却感受到了一种鼓舞，这种力量在彼此心间传递，蔓延。有些同学的眼神变得坚定有光，有些同学默默掏出纸笔，抄下黑板上的歌词。

在竞赛的高压下，保持心中的善意，对我来说是重要的力量之源。有很多事，小到只是一念，但对别人却能产生很大的影响，也能给我自己带来温暖与感动。善是不分大小的。

我经常很热情地对实习老师说"老师好"，这对我是很正常的行为。但我想，一个老师在职业生涯中听到的第一声"老师好"必定是难忘的，这是对他职业选择的认同，而我自己也从这份善意中获得温暖。这温暖，能消融焦虑与紧张，让我有一个胜利的理由——善良能让我内心安稳，做一个有浩然正气的人。在面对一切境遇时，知道自己内心的坚守和珍贵的地方。

鲁庄公十年的春天，齐国伐鲁，曹刿求见鲁庄公。在献计献策之前，他问鲁庄公"何以战"，也就是：请给我一个胜利的理由。鲁庄公说："大大小小的诉讼案件，即使不能一一明察，但我一定诚心裁决，尽量给老百姓一个公道。"曹刿说：

"这是尽到了您的本分，并不容易。我们可以以此而战。"随后，他随鲁庄公出征，大败齐军。

一次又一次的困境与超越，我并不感到自己是在随波逐流，听凭情感的左右，相反，我是勇敢的水手，始终牢牢抓紧小船，并让它始终面朝大海深处。我是一个探险家，要去探寻大海的奥秘，我也告诉自己，将来要去探寻人的心灵世界，将智慧的光辉播种于每一片心田。

高二数学联赛之后，大家都去参加社会实践。连续一周，我们徒步十几公里，并走访附近的乡村。那又是一段难忘的旅程。回来之后，我写了一篇小说，讲的是一个乡村的老师，用他的智慧与爱启迪孩子们的内心，陪伴他们成长的故事。我给这篇小说起了一个很美的名字——《123，数星星》。

后来，我又爱上了摄影。深秋时节，我端起相机，拍天边各色的云彩，拍凌空划过的飞鸟，拍学校里那些高大的梧桐，拍秋雨过后草地上一小潭水中包蕴的色泽，拍两栋居民楼的夹缝间那散布几丝云彩的纯蓝的天空。

不久，竞赛的结果公布了，我如愿获得了一等奖。经历种种，感恩一切，我的心中涌出淡淡的喜悦。成败得失，往往会把我们的心局限住，唯有回到当下，才是心灵自由之路。

赴俄罗斯参赛

　　经过一个暑假的积淀，升到高二，我的解题能力已经比高一提升了很多。在高二的全国数学联赛中我得了一等奖，这让我很受鼓舞。之后，我又参加了全国计算机竞赛，也得了一等奖。高二下学期开学，我得知自己获得了一个难得的名额，代表中国，去参加俄罗斯全国数学竞赛——当然，这也得益于学校的推荐及数学教练的争取。这是我第一次参加这么高规格的比赛。

　　去俄罗斯之前，我们先参加了在沈阳举行的全国数学集训，这是为选拔参加国际奥林匹克数学竞赛的国家队而做准备的，学员都是全国顶尖的数学高手，正式学员一共二十几个人，他们中间还需要经过层层选拔，最后角逐出六名队员，代表中国去参赛。我们当时只有旁听资格，不过能与全国顶尖的数学高手切磋，我也受益匪浅。

　　沈阳与俄罗斯都是寒冷之地。三月的沈阳依然白雪皑皑，集训队训练结束之时，冰雪才渐渐消融。四月，离开沈阳，我们一行人来到俄罗斯，又一次进入了凛冽的寒冬中。

异域他乡，空气冰冷，街边堆着积雪，天空明亮的蓝色与厚重的灰色乌云形成非常有质感的对比。街道很干净，房子很多是用石块砌成的，也给人一种结实又沉重的感觉，乃至有些压抑。有时，看着车窗外仿佛用灰色的油彩画成的斑驳天空，我的内心总有一种说不出的惆怅。我们代表学校，更代表中国，意义重大。在这个陌生的环境里，压力也被无形放大，需要有非常好的心理调节能力。那时我的书包里一直背着一本《庄子》，在火车上或排队等候时，我会默默地阅读那些早已熟悉的篇章，或者眺望一下远方的天空和山林。

俄罗斯全国数学竞赛，一共两天，每天考五个小时，一天考四道题，一共八道。一道题满分7分，总分56分。考试上午九点开始，结束已是下午两点左右了，这时才去吃中饭。第一天考得很顺利，我觉得不是很难。心情很放松地去吃午餐，俄式西餐味道还是挺不错的，印象最深的是红菜汤，鲜美而有营养。下午，组委会安排我们去参观了当地的一家汽车制造厂。那天还有一件大事，我们的领队苏老师胆结石发作，只能在俄罗斯当地的一家医院住院，准备进行手术治疗。身处异国他乡，领队住院，加之那几天和中国的负责老师联系不上，我们感觉有点慌。在国外参加数学比赛，领队要负责各种沟通和安排，还要带团队翻译参赛选手的答卷，为选手争取更高的得分，是非常重要的。好在副领队李伟固老师对参赛事项很熟悉，一切得以按部就班地进行。李老师是北大的教授，后来也在大学里教过我微积分的课程。

第二天的考试，我在最后两道题上卡住了，都做不出来。

一会儿做这道，一会儿做那道，心里很急。这时已经过了两个小时，不，我对自己说"还有三个小时"。我调整心态，努力让自己平静下来。我看似从容地走到教室外面，休息了两分钟（这是比赛时允许的，但不能和其他选手交谈）。回到座位上，我做了一个悠长的深呼吸，试着从头到脚让自己放松下来，然后再开始做第三题。起初没有思路，渐渐找到些眉目，终于从平方数的构建及两边夹逼的方式打开缺口，思路一下子就清晰了。我持续努力，终于做了出来。写完过程，还有一个小时五十分钟。我长舒了一口气，只有一道题了，目前的发挥已经达到我平时训练的水平。我想，即使拿银牌也没什么说的，因为我的真实水平就是这样。但现在我要冲刺，要超越自己。实际上我也知道，最近训练的时候，最后一题经常是只差一点就做出来了。现在也有可能做出来，一道题两个小时，时间完全够，我所要做的就是努力去超越，让这种可能变为现实。为了不留遗憾，我要放手一搏！最后一道题，是组合数学。半个小时过去了，没有做出来，我有点慌。又半个小时过去了，我找到了更多的线索，信心倍增。最后五十分钟，尽我所能，奇迹在我手里，还剩最后半个小时的时候，我终于做出来了！一阵短暂的狂喜，我立马调整心情，投入到书写过程之中。时间到了，大家还在奋笔疾书，我写上最后一个句号。交卷！如释重负。

　　第三天，我们出去游玩，参观当地的风景名胜。因为之前领队苏老师病了，直到这时，我们才终于和祖国重新取得了联系，并向中国数学会汇报苏老师的病情。

比赛结果就要揭晓了。四月二十八日下午，一位同行的老师悄悄告诉我，我很可能是金牌，我的内心既欣喜又忐忑。二十九日，老师又告诉我，我是俄罗斯全国数学竞赛十年来最高分。满分是56分，我因为一个小错误被扣了3分，最后得了53分。不过，在成绩正式公布之前，我心里的石头始终无法落地。

到颁奖时，我的内心被一阵汹涌的浪潮席卷。我发现自己太想得到这块金牌了。铜牌颁发了，没有我，很好，就看银牌了。在银牌颁发的过程中，我的心逐渐平静下来。人生很美，数学很美，真的。我想到自己过去的努力，做出每一道题时不同的感觉。做不同的题目，能体会到不同的美妙。这一切都很有意义。

意料之中，李老师叫我上去领金牌。我上台接受了金牌和奖状，站在领奖台上，我为自己，也为其他获奖者鼓掌祝贺。那一天，一阵阵的狂喜席卷我的内心。我立刻向实验班的一个同学拨通了跨国电话，告诉她考试的情况，她也非常替我开心。

随行的陈老师找我谈话，他对我说："你现在要有一颗平常心，不要骄傲。很多人在得奖之后，就到处接受记者采访，自以为是，于是心里再也静不下来，接下来就没什么发展了。这种人我们见得很多，千万要谨慎。其实搞研究、搞竞赛，最重要的是安静，静不下心来，就成不了事业。这次考试表现出你的优势，也反映了你的一些不足，好好总结一下。你是很有希望的。"他的话我很认可，但也促使我向相反的方向反思，我似乎从来没有真正享受过成功。小时候，老师的一次表扬，只不过是让我短暂地找到一丝安全感，到初中也是如此。内心短暂的安全感，我也不能全身心地享受，因为我怕我会骄傲，怕此刻的享受，意味着今后的失去，于是开始压抑。而这一次，情况反倒好很多，我更能享受整个过程。狂喜过后，外在的名利似乎已经对我没有那么大的影响了。我感受到自己丰富而细腻的内心，也越来越能体会到平静与美。

临走前，在俄罗斯认识的两个朋友送别我们。我是一个情感很丰富的人。每片土地都有属于自己的灵魂，每当要离开一个地方时，我总会涌起对此地的眷恋，我想向它告别。可是，山川辽远，天地广阔，谁能听见我的声音呢？我想最好的方式，就是和这片土地上的一群人一起度过离别前的时光。我和一群俄罗斯及保加利亚的同学在一起度过了一个晚上。我们谈起了俄罗斯的一草一木、河海湖泊，以及沉重的历史与曾经共同的共产主义理想。

一个个脆弱而又坚强的生命，自古就在这广阔的土地上驰骋，凝聚了风雪中的顽强与豁达，涵盖了无限的未知与自由，也造就了诗歌般的迷茫与绝美。真挚的情谊在心中流淌，越过连绵的高山，漫过粼粼的长河，都化作不舍与思念流向了远方……

备战国际数学奥赛

二〇〇六年，备战国际奥数竞赛的集训在沈阳举办。那时南方已是春天，但沈阳仍然是白色的世界。这是国际奥数竞赛前的最后一次选拔赛。参加这次集训的有二三十人，只有在全国数学冬令营中获得名次，才有资格参赛。所有参赛者，都是经过多次考试筛选出的全国高中数学最顶尖的人才。这次比赛共有六次小考，两次大考，每次都是三道大题，四个半小时完成。最后计算小考和大考的总分，从集训队的二三十人中，根据总分录取前六名，进入国家队，代表中国参加国际奥数竞赛。

竞争残酷而激烈。

当时，华中师大一附中对集训队的竞赛非常重视，派了两位教练来到沈阳。一位是我们数学组的副教练李建国老师，他当时还很年轻，现在已是资深的数学教练了。另外一位是苏远东老师。而我们数学组的教练余世平老师，因为要带两个高中毕业班的数学课，无法全程陪同，只能委托苏老师做常驻代表，而他自己则沈阳、武汉两边跑。三月一日，余老师将我送到集训队安排好后，就立刻赶回武汉上毕业班的课。距集训结束还有一周时，他又来到沈阳。他住在市区，每大要乘两个小时的公交到集训队所在的育才高中。由于考试流程紧张，不能过多打扰，只有午餐时我们才能见上面，简短交谈，让他了解我的情况。

在集训队，两位教练关心我生活的方方面面。有一次苏老师怕我压力大、睡不好，晚上熄灯前来寝室看我，看见我已经睡着了，才放心地离开了。那时我睡得比较早，因为熄灯后大家聊天很干扰睡眠，我尽可能在大家开始聊天之前进入梦乡，以保证第二天精力充沛。

竞赛的间隙，我常在宿舍反复地听一个音乐磁带，仿佛音乐能唤醒我的某些生命力。在赛场上，我斗志昂扬，因为我们实验班只有我一个人出战，我带着满腔的勇气和悲愤，誓要进入国家队，为同学们而战。当时，我甚至主动地向其他学校的选手发出挑战，现在想想，真是人不轻狂枉少年。

我把自己的心情告诉李老师，也告诉他我向队里同学发出公开挑战的事。李老师似乎能理解我，他并没有说这样不对，只是告诉我："求战而不要求胜。"

前两场考试，我考得并不是很好。有些题目偏重特殊技巧，我所熟悉的思维方式似乎派不上用场，但也有些地方，我能靠长期训练出的思维方式、直观的力量，以及一些计算功底去突破。随着考试的进行，我感觉自己越临到考试，越能将情绪调动至高点，逐渐地发挥出比平时更大的潜力。每次应考的时候，我都很沉着。当其他人在埋头疾书时，我会安排好自己休息的时间，不慌不忙地上厕所，借用上厕所的机会，缓缓地在走廊上散步，帮助自己放松身心。为了保护眼睛，我尽量减少书写和计算，有时目视前方或盯着天花板，在脑海中展开思考。这种不同寻常的表现，有些人会感觉怪异，乃至问我是不是故意做出很轻松的样子，以刺激其他的选手。其实不是，我只是在按自己的节奏参加比赛。此时的体力、精力比高二时有所下滑，只有注意劳逸结合，善于调整自己的身心状态，才能做到最好的发挥。及时觉察和调整身心状态，做好精力管理，这个习惯是我高三这年在极度艰难的身心状态下培养出来的，也是我走到最后的关键。

在赛场上，我也结识了许多朋友，他们大部分后来也成了我大学的同学、校友。

经过十几天的拼搏，我顺利地通过集训队的考试，进入国家队。

当我带着成功的消息回到高中时，班上的同学都为我欢呼，那个场景是那样热烈而难忘，让我至今想起仍然觉得温暖、感动。

国家队的培训是在清华附中举行的，那一段经历令我印象深刻。刚入夏的北京，天气和煦，并不是很热，感觉非常舒服。清华附中的校园里，树木郁郁葱葱，球场上经常能看到同学们运动的身影。每当太阳下山后，此时最是凉爽，我会在操场上走走。我们所住的地方，是留学生公寓。

还记得有一天放假，我一个人乘车到了昌平的白虎涧。也许是因为内心积压了太多的东西，当时一个人走入深深的山涧，这里空气清新，山林静谧，走了许久，不知道自己要走到哪里，或许仅仅是想得到一种释放吧。那天，我手机没有开机，下午回到宿舍才知道国家队的教练很着急地在找我，幸好我回来得不算太晚，没有让他过于操心。

这一年的国际奥赛，在欧洲小国斯洛文尼亚举行。这里风景优美，从寝室看向窗外，山坡与小径宛如一幅绚丽的油画。我想象将自己融入自然天地之间，允许自己乘自然之道，去参与眼前的考试。虽然眼睛还是会不太舒服，但我已经接受并适应了身体的状况。

早晨起来，用牛奶泡一杯麦片，坐在室外的小桌边，慢慢地品尝。看着远处的小山、鲜绿的草地，徜徉在晴朗、湛蓝的天空下，轻柔温暖的阳光照耀着我，我这时的心情格外轻松。微风徐来，树影婆娑。我想，我和眼前的这棵树、这片叶子有什么区别？人生不就像一片绿叶，飘零于碧波之中吗？正如树叶不过是许多细胞的组合，实际上并没有独立实存的树叶；世界上也没有独立实存的"我"，没有一个"我"在参加竞赛，有的只是宇宙的演进，自然万物生灭的进程。

那大概是我心情最轻松的一次大考吧。比赛持续两天，每天三道大题，四个半小时完成。题目有一定的难度，但此时的我，已身经百战，只是像平常的练习和考试一样，答完了就放下。

我在日记中这样写道：

这次去斯洛文尼亚参加第四十七届国际数学奥林匹克（竞

赛），我的心情非常轻松。七月十日从北京出发，登上飞机时，我突然觉得，没有一件事能让我担忧或害怕，这只不过是做一次旅行，做一套题目而已。

到斯洛文尼亚首都卢布尔雅那已经是晚上，一轮又大又圆的月亮低垂在机场的楼顶，空气中弥漫着清爽的泥土芬芳，道路曲曲折折，充满了田园气息。天到九点半才全黑。

十一日傍晚，我在小城漫步，晚霞鲜艳无比，在一瞬间，突然不知道"我"是谁，只觉天地万物，无一不恰到好处，任何语言都显得多余和苍白。

十二日开始考试。清早下了大雨，走出宿舍时，只见一道彩虹闪耀在不远处的小山前。考试是在一间体育馆的篮球场内举行。第一天，题目比较简单。第二天，我起得很早，端了早餐到门外邀青山白云共食。（外面）有些小黑虫，我开始有些嫌恶。后来我想："它们是主人，我是客人，客人怎能对主人不敬？"于是我专门为它们准备了一小盘（食物），又在地上撒了一些，给虫儿和鸟儿们吃。

这天的题目很难，做到两小时的时候，第五和第六道题都还没有思路。这更激发了我的斗志，我用上了一年来总结的应对办法：逐条列出已有的思路，激发思维火花，并进行下去。在还剩一小时的时候，对这两题都有了思路。虽然最后时间紧迫，但好在顺利完成了。

接下来的三天，我们在斯洛文尼亚旅游，认识了许多国家的朋友。至于考试的结果，最初还有所挂怀，后来我想，这次我已在考场做了完美的发挥，当时就已享受到成功的喜悦，之后又何必在意成败？

　　七月十六日，我们知道了成绩，我自认为有一点小漏洞，但思路全对，组委会给我评了满分（*perfect score*）。得满分的还有俄罗斯的*Magazinov Alexander*、摩尔多瓦的*Iurie Boreico*。在十七日的闭幕式上，组委会给我们三人单独颁奖。

　　我的内心好似得到了释放，感到轻松，也为自己高兴。

　　我就这样获得了金牌，此刻风轻云淡，过往的一幕幕在眼前闪现，但又似乎没发生什么。

　　遥远的人生之路，我将继续求索。

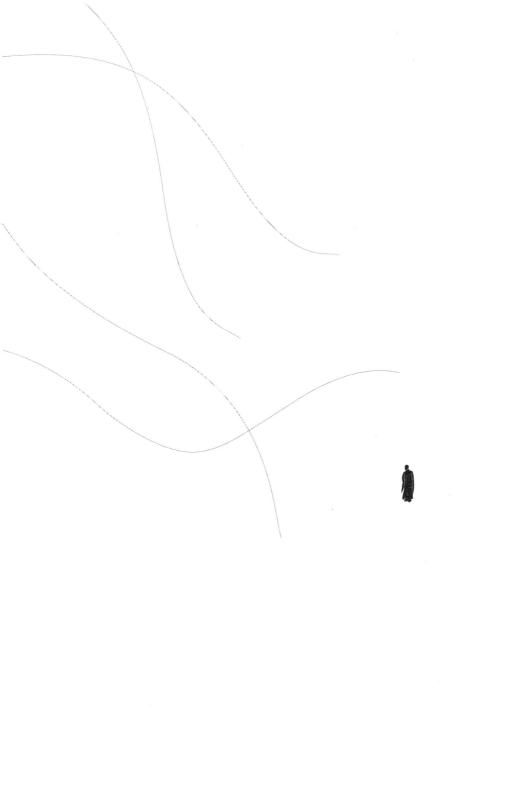

第三部分

穿越至暗时刻

我生命中的至暗时刻

在我的人生中，有三个至暗时刻。

高三那年，也是数学竞赛最关键的一年。拿到俄罗斯竞赛的金牌后，我本该继续砥砺前行，但此时，我的世界却被阴霾笼罩。眼睛开始出现严重的问题，从原本一天能学习十几个小时，到只能正常用眼一两个小时。

以眼睛出问题为起点，高三和大一的两年，在外人看来光鲜，却是我人生中的至暗时刻。我曾经抑郁，曾经迷茫。整个高三，我是在这样的状态下苦苦坚持的。为了奥赛金牌，我付出了常人难以想象的艰辛。

高二的暑假，我的眼睛只是有些异样。那时，正是全国数学联赛最后两个月的冲刺复习，我每天就是看书、做题，只是在疼得厉害的时候才停下来休息片刻。每当这时，眼睛里就好像有许多小沙子在滚动，硌得我难受。后来，我只要一开始看书，眼睛就发酸、疼痛。再后来，即便休息了一夜，早上一睁开眼睛，就会感觉干涩难当。乃至在走路时，眼睛也很难受，必须依靠不断地眨眼才会缓解一些。

这时，我无法正常地做数学题了。以前计算是我的强项，在平心静气的计算中慢慢找到灵感，而现在只能闭上眼睛苦思冥想，在有很明确的解题思路时，才勉强睁开眼睛，下笔书写。我尽可能在脑海里完成解题思路，但有时候碰到计算量很大的题目，只好睁开眼睛计算，这时每看几秒钟就必须闭上眼睛休息。有一天我灵感突发，用一下午写了一篇论文，结果从第二天开始，眼睛的疼痛明显加剧了，接下来的一周都必须用更多的时间去休息。

这就好像田径运动员在冲击国际金牌的最后几个月，突然韧带受伤，那股势头戛然而止，心头苦闷异常。明明以前很简单的题目，现在要完成却异常辛苦。委屈、无力、迷茫，如厚重的乌云，层层叠叠向我压来，覆盖了整个世界。

不仅如此，我还要花大量的时间去医院看病。医生让我做各种检查，在幽暗的检查室里，冰冷的仪器触碰到我的眼睛，强烈的光线直射过来，眼皮被翻开，时间一长就觉得眼睛里充满了各种奇怪的色彩和图像，疼痛也要比平时强烈许多。各种检查几乎周周都有，但最后竟无法确诊。三个医院诊断出三种眼病，有说是干眼症的，有说是沙眼的，还有怀疑是眼底病的。不同的医院开出不同的药方，却没有哪一种真正有效。有时看完病，夜幕已经深垂，我的心情和这夜色一样沉寂。

我感觉当时的自己，几乎已经是半个残废。我不光无法在数学上有更大的进步，其他学科的学习同样如此。曾经热爱写诗的我，此时写下几行短句就会非常费劲。如果这样下去，原本希望为众生解除疾苦、为人类做出贡献的我，甚至可能无法大学毕业，无法实现自己的理想与抱负……

　　有时，一道题我想了一上午都做不出来，满脑子都是奇怪的想法，就干脆到校园里四处游逛。为了减少用眼，我还曾试着像盲人一样闭上眼睛走路。透过眼皮，我能依稀感觉到晦明的变化，只是被绊倒了好几次，迈步总是小心翼翼的，有时觉得该转弯了，睁眼一看，其实还离得很远。

　　那时还有另外一个痛苦的原因，来自我的同学们。我多么希望自己深爱着的他们能在竞赛中取得好的成绩，但我们这一届的竞赛成绩不太理想。此前，大家普遍有种回避高考的想法，希望通过参加各个学科竞赛取得优异成绩，获得保送资格。事与愿违，学科竞赛中的成绩不理想，又不像其他的班级花了大量时间夯实基础、准备高考，大家情绪很低落。看到班级的气氛和同学们的状态，我非常难过，为同学们感到惋惜。同时，我继续备考国际奥赛，和同学们之间也越来越缺乏共同语言。整个高三，我的心情实际上是非常低落的，却又不知道能为他们做些什么。

　　曾经支撑起我精神王国的支柱，数学、文学、友谊，一时间竟全部崩塌了。我去做心理咨询，发现这也解决不了我的问题，后来就不再去了。此时再读《庄子》也索然无味，众生的苦难、自己的苦难，叫我如何能逍遥自在呢？难道生命的真相竟是痛苦与孤独吗？

　　这段经历持续了两年半，直到大二寒假，最终我在自己的努力和朋友的帮助下走了出来。

　　我人生中的第二个至暗时刻，是从二〇一〇年秋开始的。

那时我刚上山，因为不适应每天的劳作，长期受寒，身体状态下滑，气血亏虚。看书十分钟就觉得疲惫，只能做一些轻体力活。而这段时间却培养了我的感恩之心，让我在困境中看到了光亮。

第三个至暗时刻，是二〇一八年下山之后降临的。孤身一人在世间闯荡的我，极其虚弱和疲惫。终于，我意识到自我关爱的重要，并在慈心的修炼（慈心修习）中疗愈了自己。

我在后几篇中详细地讲述了自己如何从孱弱的身体状态和抑郁的精神状态里破茧重生的。

坚持，穿越抑郁的泥沼

从大一直到大二上学期，我都是在抑郁和迷茫中坚持前行的。大一上学期，我经常失眠，有时甚至连续失眠一周，白天昏沉困倦，强打起精神，闭着眼睛听课，到了晚上又睡不着，眼睛还非常疼。我心中十分苦闷，漫漫长夜很是难熬，有时看着天从黑渐亮，可我的心却一直在黑暗中沉沦，非常无助。

我不知眼前这样的状况要如何改善，我自己到底能做些什么，仿佛任何事情都索然无味。世间人以为的享受，对我来说却常是一种煎熬。就如美食，因为我当时咽炎很严重，稍稍咸一点或辣一点，就会引发咽炎。和朋友说话，只要多说了几句，喉咙也会疼痛难受好几天。

到了下学期，我发现自己学习数学有点找不到感觉，题目虽能做对，但我却失去了曾经的热情。数学是需要大量计算的学科，我的身体状态如此，或许在数学的道路上无法走远。整个大一，我都沉浸在抑郁与无意义感中。

在那种状态下，我能理解抑郁症患者的处境。人生百无聊赖，所有你真正渴望的、想要的事情完全看不到希望，生活中没有一点快乐的光亮。慢慢地，人疲惫了，乃至麻木了，也就不再想要任何东西，不想做任何事情。

我为何能坚持走下去呢？因为我心中还有爱和希望的火种。眼前虽然是彻彻底底的黑暗，而坚持下去，说不定会有转机。其实在所谓至暗时刻，也并不是完全没有路。我想办法减少用眼，与眼疾共存。身边有几个同学一直在支持我，把课本上的内容读给我听。母亲也会买来教材，在家里朗读，制作成有声书给我。后来我又找到了一个把文本、文件制作成有声书的软件，勉强能应付当时的功课。这样坚持减少用眼，到了大二，眼睛的情况，只比大一时稍微好一点，但仍不能专注很久，听课时看黑板十几分钟就需要休息。

我觉得自己已经失去了引以为傲的一切，不知道未来该何去何从。但不知道也无妨，就从最简单和基础的地方开始，努力去做一点小事吧。从大一到大二，我还做了许多看上去很笨拙却有意义的尝试。

吃饭的时候，我常在菜里泡上汤，或用开水把菜冲洗两三遍，把味道冲淡，避免刺激咽喉。因此大家每次看我打饭，都是汤汤水水满满一碗。此外还要尽量避开很咸或辣的菜。这样做虽然仍然看不到好转的希望，但至少不会变得更糟。这个奇怪的习惯，让其他同学很不理解，也让我自己顾影神伤。为什么别人都能正常地享受饭菜的滋味，为什么生活对我如此不公平？有时我也会忍不住，吃一些口味较重的菜，但往往会让喉咙难受两三天。面对喉咙的痛苦，我甚至无法尽情向朋友倾诉，因为说太多话以及流泪只会让咽喉的情况变得更糟。到最后，我默默地接受了这一切，我习惯了被开水泡上两三遍，味道很淡的菜。在许多个充斥着孤独、抑郁和懊恼的夜晚，只有自己陪伴自己。我想：或许这就是我该走的路，其中有我该学的功课。抱怨是没有用的，坚持走下去吧。

此外，我从大一开始加入杨氏太极协会，一直坚持练拳。协会的教练对基本功要求很高，对初学者来说，练功简直就是煎熬。蹲马步的时候，会觉得大腿疼得像火烧、刀割一样。练完回寝室的路上，只觉得双腿软绵绵的，格外酸爽。我好几次想过放弃，但最终还是坚持了下来。北大里有趣的社团很多，我之所以能在这个如此艰苦的社团坚持下来，恰恰是因为抑郁屏蔽了很多的兴趣和感知。那些让别人感兴趣的动漫、游戏、美食，对我来说没有太强的吸引力。蹲马步虽然痛苦，却有一种身心都特别踏实的感觉，让我觉得这一天至少做了一些有意义的事情。而一套功法练下来，眼睛多少会感觉舒服一点。

大二上学期有一段时间，我常去寺里做义工，还记得第一次搬运居士们捐赠的衣服，那天天气很冷，我很担心自己会冻感冒了，但依旧坚持去干，干完身体微出汗、发热，反而感觉不错。为了对治自己的傲慢和分别心，我又去打扫厕所。连续几次，我一到寺院，就往厕所里钻。打扫完之后，有一种轻松感以及见到厕所干净之后的成就感，这时内心似乎也变得清净了很多，乃至涌起一丝喜悦。

有时去寺院参访很不习惯，晚上睡不着觉，我也会觉得心情低落、难过。这种情况持续了很长一段时间，不知道何时是尽头。在柏林禅寺，我曾问明海大和尚该怎么办，他说："一切都是无常的，这些都会过去的。不要被眼前的困难局限住，要坚持。"这句话给了我信心和希望。当我们身处困难之中，常会被负面情绪压倒，思维也被眼前的场景局限，仿佛困难会恒常存在下去，而努力并没有带来任何改变。但其实，事情每时每刻都在发生着变化。微小的改变不断积累，最终会带来明显的变化，只是由于我们很粗心，暂时看不到这些改变。平心而论，从大一坚持到现在，我的身心状态是好转的，重要的是继续坚定信心走下去！

我坚持从改变自己入手。经过仔细地调理饮食作息、注意各方面的习惯，以及坚持练拳，到了大二下学期，咽炎就基本好了，眼睛也有明显的好转。也许是长期的努力终于有了成效吧。同时，随着参与社团活动，并与大家有更多真实的联结，大二下学期我也不再抑郁了。

不知正在阅读的你，是否也曾在人生低谷失去自己曾经引以为荣的一切？是否也曾在身心双重的痛苦和亚健康状态下艰难前行？意外的事件、重大的打击让人生仿佛一下子堕入无边的黑暗之中。

在许多年后，我听到了朴树的歌曲《平凡之路》，内心有许多共鸣。"我曾经堕入无边黑暗，想挣扎无法自拔……我曾经拥有着的一切，转眼都飘散如烟。我曾经失落、失望，失掉所有方向，直到看见平凡才是唯一的答案。"

相信困难只是暂时的，坚持去做那些对自己有益的平凡小事，不要期待立竿见影的改变；接纳症状，与之共存。人生会因你的坚持而改变。

与人建立真实的联结

在痛苦的日子里，我反思自己的过去，也思索自己的未来。我意识到导致自己内心孤独和痛苦的一个原因：很多时候我太自我了，总是沉浸在自己思维的世界里，而没有与人建立真实的联结。

从小，我就是一个不太合群的孩子，一直生活在自己的世界里。幼儿园时，小朋友们在花园里疯跑，玩各种游戏，嘴里喊着"冲啊！"，我却觉得他们玩的游戏有些幼稚，也不喜欢和他们一起扮演变形金刚和圣斗士。小学时，无意中瞥到家中的一本书——《爱因斯坦传》，我虽然看不太懂，但是里面的"相对论""时间""空间"等概念，却引发了我的思考。初中的我，沉浸在学习的乐趣中，数学、计算机编程、诸子百家，把我的业余时间填满，我孤独地享受着收获知识的喜悦。

高中，我尝试接近、帮助他人，却遭遇了许多的挫折，不被大家理解——即便我是大家眼中的"天才"，即便我真的很希望帮助大家。

经历了这些，蜕变也悄然发生。高三下学期的时候，我不再像以前那样自以为是，居高临下地"指点"大家。我开始很认真地体会他人的内心世界，我知道以前的自己真的错了。

记得高考之前，有几个同学向我请教一些数学题。我不再用自己习惯的奥数思维，而是切换到他们平时比较熟悉的解题方式上，还帮他们系统地梳理了相关的知识点。在讲解的过程中，我也会偶尔停下来问他们："这样讲可以吗？有什么疑问吗？"我很小心地向他们寻求反馈，怕会发生以前出现过的情况：自己"独白"，听众却不知所云。不过这几次，效果真的很好，因为我看到他们脸上露出了豁然开朗的神情。后来他们反馈说："讲得太好了！"这是一个改变的开始，那时的我已经找到了改变的方向。其实，就是我们常说的"共情"，或者"换位思考"。这两个词听上去很简单，但真正体验到、能践行，并不是一件容易的事，需要改变过去的思维方式，付出很多努力。

记得刚上大学时，我有一些"社恐"。每当处于人群之中，我都会很不安。有一次下课，走在人群里，听到旁边一个人大声说话，我的第一反应是：他是不是在说我？是不是我做错了什么？我曾对一个师姐说："为什么我害怕接触人群？他们说话，就仿佛在说我；他们笑，就仿佛在笑我；乃至他们哭，也仿佛因为我。哪怕是帮助别人，我也怕自己做不好，很尴尬，很胆怯。"师姐告诉我在意别人的看法，实际上还是想自己想太多了。其实每个人都有自己的生活，并不会把注意力都集中在你身上。如果多去倾听和理解别人，实际了解他人到底是怎么想的，不安就会小很多。大学阶段，我的一个非常重要的进步，就是学习去理解一个人真实的想法和感受。

有两件小事，虽然在我的整个大学生涯中，显得那么微不足道，但它们仿佛是一种启示。许多件这样的小事，让我看到自己的问题，并学会去倾听和关爱他人。进入全新的世界，与许多心灵相遇，建立联结。

刚上大学，我就喜欢上了儒家经典。有一次，我想找一个安静的地方诵读《大学》。清晨八点，我来到学校附近一处低矮、老旧的民房前，四周绿树环绕，伴着清脆、叽喳的鸟鸣，更显宁静。我得意自己好不容易找到这个宝地，无人搅扰，质朴安静，便开始放声诵读经典。我体会书中的意境，沉醉其中，读得身心舒坦。这时一个中年妇女从一个小巷里走出来，呵斥我不要再读了，"这么早，有好多人都被你吵醒了"。一句简单的话，仿佛把我心中的某个东西击碎了。

在回去的路上，我思考：自己和他人的感受是那样不同。读书对我来说是那么惬意，可却会吵到他人；八点对我来说已经不早了，可是对有些人来说却还早得很；我甚至没有想到这些民房里住着人。而我与他们的感受都是平等的。我觉得读书好，与别人觉得会被打扰是平等的；别人的不耐烦也是那样真实，和我的愉快一样真实。以前我不明白这个简单的道理，一味用自己的思维模式去理解他人，用自己觉得合适的方式去帮助他人，根本没有去体谅对方内心真实的感受。这些感受也许在我看来并不那么高尚，并不像文学作品中写得那么美、那么精细且感人，但因为一直忽略和排斥它们，在书籍的文字中寻求理想，所以我总是活在自己的世界中。

这是我第一次体验到自我和他者的平等性，所有生命的平等性。以前我看到的世界是静止的，全是由自己的理想和情感来描绘的。现在我发现自己只是海洋中的一个波浪，无数的波浪跌宕起伏，相互碰撞，所有的都是平等的，最后交织成壮丽的海洋图景。

还有一回，我得了重感冒，喉咙疼得说不出话，心情很不好。下午刚下过雨，天色阴沉。有一个高中同学正好来北大找我，倾吐她进入新校园后遇到的不适和孤独。我专注地听着，偶尔安慰一两句，开始喉咙还有点疼，精神也不好，慢慢就忘了这回事，一心只是帮她想办法。乌云遮蔽着窗外的天空，室内也是一片灰暗，她的痛苦我很难帮助解决——找不到人生的方向、找不到自己的定位、专业不感兴趣、考试的压力大、理想的幻灭，这些不也是我以及许多新生都会遇到的问题吗？

我尽己所能，从自己的一些经验和那段时间学到的儒学和佛学知识中帮她找一些答案。我分享着她的苦楚，但似乎已不知道是谁在苦，内心不知不觉中与她共鸣。我说完，她的脸上居然露出会心的微笑，我也笑了。那一刻，很开心；那一刻，心灵的鸿沟被跨越，没有距离。送她离开的时候，我才发现自己的喉咙不疼了，身上也有劲了，内心还涌动着一股力量，大概是善良或慈悲的力量吧。回看天际，已近黄昏，厚重的乌云压着远山，我的心中却生出一缕莫名的希望之光。

那段时间，我发现自己很愿意听别人讲话，不管是同学还是陌生人，仿佛"听"是一件很神圣的事情，可以拓宽内心，感受真实的生命。我觉得他们都是我的医生，在治疗我内心的顽疾；他们也是向导，带我走向一个更广阔、丰富的世界。

此前因为一直沉浸于学习数学，我形成了一些思维定式，遇到事情都会不自觉地想到数学公式、模型，总在自己的世界里思考，也就失去了对事物的感知能力。我练习听别人讲话，慢慢发现每个人的故事都很有意思，尤其是当他讲的和我所预想的不一样，这时就打破了我的思维定式，知晓原来有人是这样生活、这样思考的。这正如一个朋友说的："每个人的心都是一座美丽的花园。"

倾听，拓宽了我的生命。

记得有一年冬天去北京植物园玩，天气寒冷，河都结冰了。我走累了，来到湖边一张长椅上休息，一个大叔坐在我旁边，看上去约莫六十岁出头，应该已经退休了。他开始讲起自己的故事，从年轻时的经历讲到现在的生活，内容很驳杂，时不时还冒出陌生的人名，他就这样讲了两个小时。我当时认真地听，慢慢投入其中，去感受他的真实生活，我发现虽然他的经历与我的很不同，但我对他的故事是有共鸣的。他的故事中并没有伟大的英雄事迹，基本都是工作时的拉扯和生活琐事，乃至有些观点是偏狭的，但我依然认真地听，体会他的喜怒哀乐。哦，原来真实的生命是这样的！他感觉到我在认真地听，讲得也愈发起劲，眉飞色舞，很是激动。故事听完已经接近中午，我也该回学校了。

逐渐地，我发现自己的负面情绪减少了。原来我很苦恼，总是想着自己的那些困境，在其中循环，无法解脱。但当我去聆听别人的故事，了解别人的痛苦时，我就不会沉浸在自己的情绪中，也就不那么痛苦了。这种现象，在心理学中被称为"普同感"。到后来，听别人讲话的时候，我很容易因为这种内心的联结而体验到快乐。丰富的经历、真实的情绪扑面而来，让我非常震撼。这一点，也是我后来选择心理行业的重要原因。

倾听是一个开始，更多的喜悦来自为他人真心地付出。当我更多地理解他人真正的需要时，才能给他人带来真正的快乐和方便。那时，我办了数学讨论班，为大家解答难题。每次讲完，看到大家因听懂而露出高兴的神情，我都会感到由衷的喜悦。

当时，还有一个很特别的例子。大二上学期，有一个同学沉迷游戏，快到期末考试时，他的数据结构可能要挂科了，我就去帮他补课。考前的最后三天，我每天都会抽两个小时去给他讲题。讲完之后，他说自己会看，可是到了第三天他说有些地方还是不懂。我一检查，发现他不懂的地方很多，只好用最后一天晚上再给他讲。下午去他寝室，他还在睡觉，我就一直等他睡醒。

正是冬日，窗外一片寒意，暖气烧得很旺。我拿起书，准备要讲的内容，尽量不用眼睛，而是靠我对知识的记忆。我节省用眼，以便他醒来时再用。因为数据结构的内容高中学过，我对这些知识很熟，稍微看一看就能记起来。我想，如果不是要为他讲，自己复习恐怕不会这么认真。在那段时间，眼睛时好时坏，我对用眼的时间已经很克制了，但还是不见好转。或许这也不是办法，倒不如索性一用，大不了就难受一个星期。如此想来，我发现自己的内心反倒宁静而坦然，好久都没有这么轻松过了。

晚饭的时候，他醒了，见我坐在书桌边，他有些不好意思，我开始帮他讲解。晚上十二点，我讲完，从他的寝室出来，眼睛竟一点都不疼。奇怪的是，从那以后，我的眼病一下子好了很多。连着几场考试下来都没事，数据结构还考了94分，他考了74分，他很满意。

一次又一次的助人经历，让我自己的心中也充满了光亮。当透过善行而体验到真诚、不夹杂私心的利他状态时，内心会被深深地震撼。喜悦的光芒有如闪电划过天空，自私的乌云被撕开缝隙，我才知道原来人可以这样快乐，心地可以这样光明、坦荡。这种感觉只要坚持去做善行实践，是不难体验到的，也许强烈程度会有不同，但较强的喜悦，以及对自我、对世界的重新审视是每个人都能有的收获。看到自己纯净而有爱的心，以此为基础，才可以将此心扩充、加深、细化，实践儒家的"仁爱"或佛教的"慈悲"。

倾听与行善，让我收获内心的光明与旷达，走出自我的世界，与人建立真实的关系，穿越抑郁与孤独，叩开喜悦之门。

感恩心，逆境中的光亮

我人生中的第二个至暗时刻，在二〇一〇年的秋天开始。

北京，十月，天气已经很凉爽了，当时我已大学毕业。在山上，与师兄弟们一起，坚持每天出坡劳动。劳动后，衣服早已被汗水浸湿，秋风一吹，我很容易着凉。由于体质较弱，这种反复的感冒着凉，于我是很严重的。但师兄们告诉我，多干、多积累福报，慢慢就会好的。于是我便继续每天劳动，恰在此时，我又被安排去校对一本书稿。原以为这个工作能为我提供一个休整期。但因传达有误，变成我需要上午校对书稿，争取按时完成任务，下午仍需劳动。由于我对校对标准不清楚，在其中耗费了很多心血，同时又要兼顾劳动，最终彻底病倒。

这一病，便是大半年。

二〇一〇年秋至二〇一一年春，成为我人生中的第二个至暗时刻。大夫说，我整个身体气机虚弱，建议我喝汤药并加以艾灸配合治疗，每天须灸关元穴和中脘穴各四十分钟。师兄弟们都很忙，各司其职，没有人能帮我艾灸。因为身体不好，我既无法运动，也很难深入地思考、看书，只能干一些轻活。

冬天，在寒冷的医务室里，没有暖气，刺骨的寒风从门缝嗖嗖地灌进来，我找个角落坐下，尽量避开贼风，掀起衣服，两只手各拿一根艾灸条同时灸两个穴位，自己给自己治疗。一个冬天，我烧坏了好几件衣服，因为实在无法同时兼顾两根艾灸条。两个穴位都在腹部，一个在肚脐上方，一个在肚脐下方。因为怕冷，我有时用一条围巾盖住肚脐，用上面这只手的手指顺带撸起衣服，避免滑下被艾灸条点着……艾灸条燃烧的轻烟，在冰冷的空气中凝住，在房间里弥漫，越来越浓郁。我已记不清有多少次独自在寒冷中忍耐，好在每次艾灸后，身体多少都有所好转。

那段时间，父母不断表达对我的不满和愤怒。师兄们则告诉我，让父母有如此看法是罪孽深重的。我只好装出非常健康、阳光的样子，好让他们放心。彼时的我，犹如一片飘零在湖面的秋叶，孤独无依，我内心的苦楚又有谁人能知？

福祸相依，此时的低谷期却也成了修行成长的高峰期。因为身体问题，我从繁忙的劳动中得以抽身出来静养。静观内心的痛苦，我在困顿中寻求心灵的出路。

我找到的方法是：培育感恩之心。

一直为我看病的大夫住得离寺很远，她每次都要早起，穿越半个城市，乘公交两小时来为我义诊。义诊一般在中午，那时我们几个病号便排队去找她。她的药还是挺管用的，我的身体在慢慢恢复。每次她开了药方，等到有同学（师兄弟）开车下山时，他们便会帮我去药店抓药。下山的车并不是每天都有，通常是有人去城里办事或采购物资时才会有车，一般需要等一两天。我还要去医务室借药罐，师兄会叮嘱我熬药的方法和时间。

我细思其中的一个个环节、一张张面孔，内心不由得感恩、感动。大家都很忙碌，但正因为有他们的奔波和付出，才有我眼前的这碗汤药。

我的身体在一点点变好，我的心也是。

经过一段时间的修习感恩，我发现自己的内心变得很敏锐、很阳光。哪怕是非常微小的细节，眼前的一砖一瓦、一花一草，或者是大殿里精美的装饰品，都能让我由衷地生起感恩之情。我一次又一次地端详地砖上花纹的材质和结构，想到工人为了打磨这块地砖的道道工艺，匠心雕琢。引磬黑色把手上细致的纹路，如此微不足道之处，亦可见工匠细细雕刻、反复打磨、倾注无限心力的身影。他们做这些时是用一种怎样的心情？一个蒲团、一个幢幡、一朵绣莲，背后都是大众的心力和汗水，时时处处有众生恩！"一粥一饭，当思来处不易；半丝半缕，恒念物力维艰。"

来到山上的生活，是我之前没想到的。凌晨去工地干活，披着雨衣冒着大雨抢工，种植蘑菇，除草整地。二〇一一年春天，天气回暖之后，所有人二十四小时轮班奋战在工地上，和水泥，搬石头，建设家园。我们踩着的东配楼、北配楼的每一块砖，全是大家用肩膀扛出来的。水电组的同学（师兄弟）常常不分黑夜白昼地加班，完成超负荷的工作。其中有许多人已经离开了大山，而他们留下的路灯却依旧照亮暗夜的路。

我们也要接待许多来自社会各界的高端客人，领导、学者、企业家等。而接待中所有的布置，包括餐桌和餐具的布置，以及打扫卫生，都是由大家通力协作完成的。宴会开始时，有人守在一旁传菜。宴会结束后，我们负责收拾餐具，洗碗，然后将场地还原。一场光鲜的宴会背后有多少人的辛劳！当我亲力亲为的时候，其中的疲累繁琐，也更让我体会到成长的过程中那么多人的垂爱和关心。

一直以来，我都是那个被关照的人。因为擅长数学，从小到大，我只要关注自己的学习就行，对父母的照顾、老师的付出，我察觉得特别少。我徜徉在数学的世界中，专注、宁静。其他的事情，我真的做得太少。以至于后来的一些决定，让父母觉得他们并不了解我，甚至有点陌生。每念及此，我内心常生惭愧。

当感恩之情生起时，我看待这个世界的感觉就会很奇特——既艰辛，又美好。我的生命由芸芸众生承载，每个人都在努力，而我做的还太少。深深的彼此依存感抚慰了我，我感受到生命的丰富与厚重。

在辛劳与琐碎间，我看到了自己，也看到了众生。

慈心与自我关爱

　　爱与成长的道路是坎坷的，在不断为他人乃至众生付出的过程中，我自己也身心俱疲。人生中的第三个至暗时刻，是二〇一八年下山后不久，我因为繁重的工作，身体极度疲惫。直到后来在慈心与自我关爱的修习中，我开始平衡爱自己与爱他人。对他人的爱是美好的，但关爱自己也并不可耻，我将两者都扎根于慈悲和接纳。

　　二〇二一年下半年，在最彷徨的时候，我接触到了正念自我慈悲十周团体课，当时大家一起学习了一本书，名为《静观自我关怀》。这段学习经历，给了我许多的力量。

　　在下山之后，我的工作压力和工作量均很大，尽管在持续接受治疗，但我仍感非常疲惫。因为气短，我只能轻声和身边的人说话，以保证在讲课和做咨询时身体能撑得住。我经常心悸，阵阵的无力感席卷我的全身。三餐饭后都会很困、很累，心率跳到105次/分钟左右。

　　据我的医生付老师所说，我的身体一直处于过度消耗的状态。治疗开启了身体的自我修复功能，这时身体的能量用于内在运行，能用于应对复杂工作的能量就减少了，因而有时我反而更加疲惫。付老师对我当时要应对繁重的工作感到非常痛心，也非常担心。他有一阵因此而生我的气，因为他每次努力让我的身体恢复一点，一旦我投入工作一两天，他的努力就几乎白费了。

其实，此前的十年，我经常与身体的疲惫相伴。最开始的时候不懂，明明已经干不动了，仍要用枸杞、茶叶、咖啡等提神，咬牙硬干。当时能坚持一会儿，但身体长期处于亚健康状态，无法复原。我从二〇一二年秋天开始，由于过度劳累，身体出现发抖的现象，明明已经很累了，却无法放松，而是一直发抖。而睡觉和打坐的时候，明明是最应该放松下来的时候，我却抖动得更严重。二〇一七年以来，我长期睡眠不好，有时一躺在床上就开始发抖，连续抖一小时左右才能入睡。痛定思痛，我终于知道休息的重要性。但这时，我已经习惯了高强度、高产出的工作，我不允许自己放松下来。

起初，改变是很困难的，因为习性已经形成，且改变在短期内看不到明显效果。而慈心给了我很大的支持。我终于学会了及时觉知身体的状况，适时做身体需要的事，而不是大脑需要的事。我学会把身体当作一个好朋友去关心，在它难受时，我会给它足够的时间去慢慢恢复。我学会告诉自己：你现在可以休息，有时什么都不做，才是真正重要的事。

慈心是关爱与祝福的心，愿他人和自己获得快乐，这种善愿会给内心带来柔和、温暖与润泽。慈心与日常所说的"爱"

有所不同，日常所说的"爱"及爱情中的爱，往往是有所求，有挂碍的。而慈心无所求，也无挂碍，它纯粹是此刻的善意而已。

为什么爱有时会带来痛苦？因为我们内心有许多的期待和评判不被接纳，不能面对现实。而慈心是以接纳为前提的，不管对方处于何种境遇、做了些什么，我都只是关心和祝福。

我很早便听说过慈心，也曾把它作为自己最重要的处世原则。然而，我在学习《静观自我关怀》之时，依旧有许多的新发现和不一样的体验。佛教传统中将自我关爱、自我慈悲作为第一步，但并不是重点，而是要求人们在适当自我关怀后，马上将关爱的能量转向他人，即对大众的慈悲。但对在市声喧嚣中载浮载沉的现代人来说，我们的生活里充斥着苛责与自我怀疑，内心也更加敏感、脆弱。这时，通过自我慈悲获得力量便是更迫切，也更重要的疗愈方式。一个现代人，只有对自我充分慈悲，才具备足够的能量对他人慈悲。

对我来说，同样如此。我们每个人都知道要为自己好，但很多人采取的方式是苛责和压榨自己，逼迫自己往前飞奔，觉得这样的自己才值得拥有快乐。但到达终点时，我们却往往会发现并不快乐，所有的快乐已经在路途上遗失了。我们需要练习关爱自己，允许自己松弛下来。

慈心的练习方法，是祝福自己和他人。例如在心里默念"愿我无敌意，无危险，无精神的痛苦，无身体的痛苦，愿我获得快乐""愿我平安，愿我喜悦，愿我健康，愿我幸福，愿我自在"。上述的"我"也可以换成你，想象一个对自己友善的人出现在自己的面前，可以是自己的父母、孩子、老师、朋友，为他/她祝福："愿你平安，愿你喜悦，愿你健康，愿你幸福，愿你自在。"

在课程中，我们不仅会使用这些常用的祝福语，还会探索自己内心真正需要或渴望的是什么。根据每个人的不同情况，为自己编写祝福语。因为慈心也是与理解相伴的，我们不但需要理解他人，也需要理解和看到自己的辛苦和努力，听到自己内心的声音。当时，我这样写道：

> 愿我宁静而安详，愿我充实而有力。
> 愿我纯洁有悲悯，愿我自在无染着。
> 愿我身心被疗愈，愿彼众生在我心。
> 愿参天地诸化育，愿此珍贵永存忆。

写下这段话时，我很感动。每次为自己念诵这几句话，我都感到一种温暖和疗愈的力量，心变得轻松而喜悦。

修习慈心，带给我异乎寻常的体验。每当身体不适或内心有负面情绪浮现时，只要唤醒那关爱的声音，为自己散发慈心，给予祝福，短短几分钟后，我便会感到有一个温柔的保护罩将我轻轻包裹，内心也变得光明、坦荡。我似乎找到了某种内在的空间，我真正地共情自己，看到了自己的珍贵。

关爱自己的声音有阴、阳两面。当我向内寻求，我的一部分会幻化成一个理想的母亲，她安抚我、呵护我，告诉我："你已经做得很好了。"即便很多人都不理解我，即便我自己也经常迷失，她也无限地接纳我，让我看到自己当前所做事情的价值。而我的另一部分，则会幻化成一个强大、有力的父亲，他保护我、给予我勇气，让我敢于拒绝，并表达内心的声音。当我苦于不能满足他人的期待，当我给自己层层加码时，这个可敬的父亲会站出来，提醒我立马停掉手头不适当的工作，去放松和休息，找回属于自己的节奏。

走在街上，我也经常向身边的行人送去祝福，看着来往的车辆和人群，在心中对他们说："愿你们幸福，愿你们快乐。"我也会很深情地祝愿与自己一起工作的小伙伴们、一直无条件支持我的朋友们，希望和他们相处的每一个瞬间都会永久存在，能够为他们的生活带去更多的光亮。

我的记忆中有许多个这样的场景：我在陌生城市的街道上合掌前行，时而祝福自己，时而默默祝福每一个遇到的人。我微笑而宁静地穿过熙攘的人群、繁华的大厦，也走过寂寞的小巷、嘈杂的工地。阵阵暖意流过我的心间，流向人群，流向远方。

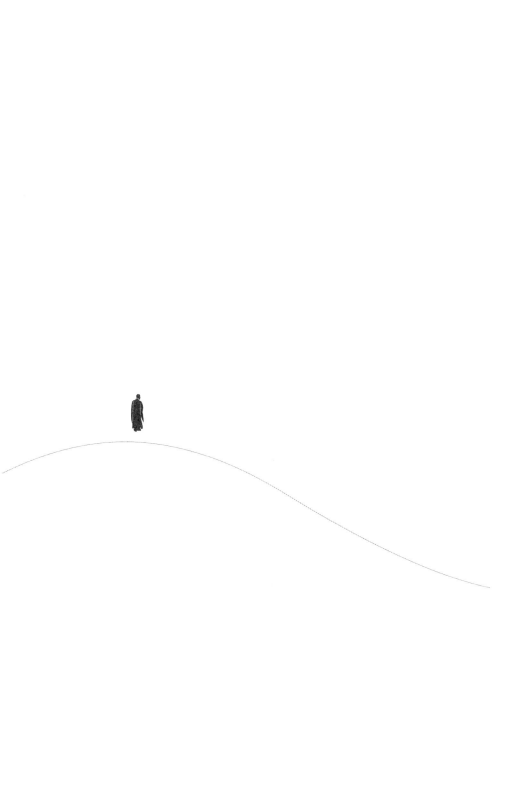

第四部分

在爱中行走

生命之初，挚爱的亲人们

　　黄色的灯光、额头的一阵凉意、医院里的走廊和长椅，是我生命中最早的记忆，或许当时只有一两岁。我不记得后来医生如何将点滴的针头刺进我的血管，只记得空荡荡的长椅、昏黄的灯光。

　　我自小是一个体弱多病的孩子，多少个早上，爸爸的旧自行车吱吱作响，载着我行驶在去医院的路上。爸爸哄我的时候，心里一定很着急、很担忧。在车上，我看见爸爸长着老茧的手。风把手吹得有些干燥，它们不再那么光滑，也不再那么敏感，却承载起一个生命的重量。也许是身体太差了，又不会自己照顾自己，我打个喷嚏或身体稍有不适就会引起父母担心，生怕又引起一场大病。

　　我的父亲是高中物理老师，他在我的生命中种下了追求真理的种子。我对小时候记忆最深的画面，是在奶奶家吃过晚饭后，爸爸用自行车驮我回家。街道上人来人往，车辆川流不息，却在暮色中显得那么安详、宁静。自行车不疾不徐地穿行，人们的脸上仿佛洋溢着一种淡淡的笑容。明月初升，静静地悬挂在空中，并不随那些车辆和高楼大厦一起流向其他的方向，仿佛同我一路相随。天空能看见璀璨的群星。我问爸爸："天有多高？天外面是什么？月亮为什么送我们回家？"爸爸告诉我："宇宙是无限的。"

他常带我去中学的办公室。厚重而朴实的办公桌、排得整整齐齐的包着书皮的书本、清脆的上课铃声和铃声响彻后的寂静，让我的心也随之沉静下来。父亲的静默与专注、诚挚与威严，不知不觉中影响了我的性格。父亲改作业的时候，整个房间都浸染着那平缓而宁静的气息，他仿佛忘记了身边的一切。有时我就在一边玩耍，我会问他许许多多的问题，但他不回答。我不敢去打搅他，不敢扰乱这安静的氛围。

我的母亲是一个工程师。母亲的怀抱与笑容，时常温暖着我的心灵。在童年的我心中，她是那么美丽和温柔。我很喜欢用小手牵着母亲的手，走在院子里的花坛和台阶上。我想象花坛旁边是水，自己是不会游泳的小鸡，而妈妈是会游泳的小鸭子，一旦我失去平衡，快要掉到"水"里，妈妈就会扶住我的肩膀，或轻轻地抱住我。

妈妈会给我讲许多故事，也会带我读一些古诗词。"朝辞白帝彩云间，千里江陵一日还。""飞流直下三千尺，疑是银河落九天。""秦时明月汉时关，万里长征人未还。"睡前的场景，总是很温馨。有一些故事早已逐渐模糊，但也有一些童年的场景至今仍然记忆犹新。

小鸟对树说："天凉了，我要到南方去了。谢谢你每天陪伴我，明年我还来唱歌给你听。"

第二年春天，小鸟飞回来了。原来有树的地方，却只剩下树桩。

小鸟问："树呢？"树桩说："被砍掉了，往大山那边走了。"

小鸟飞到大山，问："树呢？"大山说："被运到那边工厂里去了。"

小鸟飞到工厂，问工厂里的机器："树呢？"机器说："被做成火柴，卖到山那边的小屋里去了。"

小鸟飞到小屋，昏黄的小屋里有一个小孩。小鸟问："火柴呢？"小孩抬起头说："用完了，我刚刚用最后一根火柴点燃了这盏油灯。"

小鸟飞到油灯前，问火焰："你是树吗？"火焰说："是的。"于是小鸟对着火焰唱起一首歌，火焰听着，小孩也来听，小屋也在听。

这是一个关于爱与忠诚的故事，至今回想起来，我的眼角仍会流下感动的泪水。

小时候常去爷爷奶奶家，爷爷是工厂的文职人员，奶奶曾在工厂的幼儿园工作。爷爷常常抱着我，在工厂的院子里闲走。瓦房后面有一条狭长的小道，两边是红砖堆成的墙，我靠在爷爷身上伸直了脖子，也看不见墙后面是什么，只看到爷爷那顶蓝色的制帽。小道通向一座被称为"小龟山"的山坡，爷爷经常带我去那里玩。

奶奶也会牵着我，在院子里玩。瓦房后面有个防空洞，小时候觉得既神秘又有趣，只可惜已经废弃了，整个儿浸在水里。瓦房前面有一眼泉水，白花花的，可以洗衣服。奶奶说水太硬，不能喝。早晨潮湿的路上有人在炸面窝，奶奶则会买上几根油条，回到家给我做糯米包油条吃，甜咸味道混合，脆脆的油条和柔软的糯米冲撞，那是我幼时很喜欢的食物。

冬天好冷，夹杂着湿气的低温，让你觉得被阴冷的空气包裹，奶奶会用苇草点燃一盆炭火。火盆里可以烤红薯，后来我们也用锅煮红薯，却总没有先前的美味了。炭火能烧很久，等到快要燃尽时，发出星点微弱的红光。奶奶就用火钳从灰烬里翻出几点火星，再添上几块炭，让屋子里一直保持温暖。

奶奶最期待我们去她家，摆上满满一桌香喷喷的饭菜，每次我离她家还好远，就能看见她在二楼窗口遥望我们的身影，我会兴奋地大声喊："奶奶，奶奶，我们来了！"叔叔和姑姑也在奶奶家等我们。我常常用一下午的时间和叔叔下棋，就是不愿意输，总想赢一局回来。有时从下午两点下到六点，已近黄昏，头昏眼花的我才在奶奶和妈妈的劝说下哭着坐上饭桌。

外公、外婆都是医生，印象里他们平和而慈祥。外婆家总是井井有条的，非常干净整洁。每周末，我们去外婆家，都能看到外婆用搓衣板洗衣服，外公在厨房忙着做饭。我还记得有一次在外婆那儿打了针，外婆把一团棉花塞在我手里。我使劲捏着，看一本带画的小人书。

外公外婆家在六楼，阳台上有一棵葡萄树，那棵树在幼小的我眼里非常高大，简直就是一个小小的乐园。我观察藤蔓上的叶子、大小不一的葡萄、泥土里的蚂蚁，常常觉得时间一晃就过去了。我喜欢在阳台上看葡萄藤，看蚂蚁找食物运回巢穴，看夕阳消失在街角，看夜空慢慢点亮的繁星。

我从小不爱吃肉，不爱吃鱼。因为总是想着屠宰场里杀戮的画面，每次菜里有肉，我都会觉得特别难以下咽，有时会感到恶心，有时也会偷偷吐出来。大家都以为是菜的味道不合口，由于担心我缺乏营养，奶奶变着花样为我做辣椒炒肉、汽水肉等。随着年龄的增长，我也慢慢适应了吃肉，但内心仍会觉得有些难受。我在心底里觉得那些猪和牛也是珍贵的生命，是我们人类的朋友。

小学一年级的时候，爸爸给我买了一对鹦鹉。我每天对它们说话，希望它们能听懂我的语言。有一天喂完饲料，我没有把笼子关上，一只鹦鹉站到笼门口，向四周望望，就飞走了。我站在原地，呆呆地看着。接着，另一只鹦鹉也跟着飞走了，飞向远处的高楼和树木。

等我意识到鹦鹉还没学会说话就飞走了，我难过得哭了，我要爸爸再买两只鹦鹉，可他最终还是没有买。我在思念与盼望中，等了好长时间。

有一天，爸爸跟我说："我给你买了两只鹦鹉。"我高兴地赶紧冲过去看，那是一个洗脸盆，里面画了两只鹦鹉。我很失望。画的鹦鹉怎么能听懂我的语言呢？

一晃就三十年过去了，老人们一个接一个消失在岁月里。我初中时，外公和爷爷相继离开了世界。大一的"五一"假期，我回家看望奶奶，那时她在医院里，已经说不出话来了，我握住奶奶的手，她似乎很高兴。离开的时候，我对奶奶说："奶奶，下次我再来看你！"后来，姑姑告诉我，你走的时候，奶奶哭了。那是我见奶奶的最后一面，不久她就离开了人世。

外婆则是在二〇一四年去世的，那时她整个身体的机能衰退了，卧病在床。本来我打算年底回家看望她，但她没有等到我回来的那一天。

姑姑是一个非常热情开朗的人，从小很疼我。我刚下山，在北京的时候，她和表妹正好也住在北京，那段时间她们给了我很多的支持。其实她们的住处也是亲戚提供的，生活非常拮据。姑姑偶尔会住在一个朋友家比较宽敞的房子里，那个朋友因为要长期去加拿大出差，房子空置的时候就会邀请我姑姑住过去，而姑姑也会邀请我和她们住在一起。姑姑做菜的手艺很好，而且会为我专门准备素菜。暂住在她朋友家的日子，我的心情也会好一些。但好景不长，二〇一九年夏天，姑姑被诊断出了肺癌晚期。她因化疗住院的时候，我经常去医院看她，为她做催眠放松，也讲一些佛理，陪伴在她身旁，缓解一些痛苦。二〇二一年春节，姑姑在松堂关怀医院走完了她生命的最后道路。表妹则辞掉了在互联网大厂的工作，远赴异国他乡，开始留学生涯。

梦影依稀，往事历历，感亲之恩其永垂。

梦与憾，我的高中同学

　　高中的老师和同学们，是我曾投注过深深关爱的一群人。作为在城市里长大的独生子女，我从小就缺乏伙伴。小学和初中，我都没有特别好的玩伴，经常独自一人。随着成长，我越来越渴望友谊，渴望走出自己的世界，与他人有更多的联结。

　　记得刚与大家相识时，每张青春的面庞上，都昂扬着生命的活力，让我非常欣赏，也让我动力倍增。同学们的朴实与善良、学习上的聪慧、对生命的热情，时时感动着我，而我也默默为他们祝福祈祷。每当我在数学上有心得、体悟时，我都非常愿意与大家分享。

　　为了更快地融入集体，我开始关心体育、音乐，翻阅报纸，看同学推荐的漫画书。然而，我所在的数学竞赛组的氛围，让我有些担忧。我发现有些同学很喜欢在学习间隙聊天打趣，做题也以做出难题为能，很容易嘲笑、轻视他人。最开始，我仅把这些行为当作玩笑，也参与其中，后来却发现这种风气已深深地伤害了很多人。数学组有很宽松的学习氛围，老师讲授基本的知识和训练方法，提供书目，然后大家自己深入阅读，相互讨论、切磋。但我们这一届的同学却比较浮躁，大家把注意力都放在能否做出难题这个结果上，互相比较。起步晚的同学觉得自卑，热情受到打击；起步早的同学则基础不牢。

为了更集中、高效地学习，我申请在家自学，但我并不是想离开大家，离开班级。我只是担心自己受到这种风气的影响，浪费了时间，而无法在数学上有真正的突破。我想静下心来，在数学上达到一个新的悟境，到那时，或许能转变这种风气呢。

高二的数学联赛，只有我一个人得了一等奖。此后，我又投入计算机竞赛的准备之中。再回到大家的身边时，我们已在各自的道路上走了很长的距离，我们的心之间似乎也有了一些隔阂。同学们对我的感情复杂而难言。

有一次，我指出数学组内一个同学的问题，希望他不要因为别人没做出难题而嘲笑人。我请他改正，但他很生气，在校内论坛上把我痛批了一通——还有许多人支持他。我这才发现，自己认识的自己和别人眼中的自己差别那么大。在许多人眼里，我就是一个虚伪、傲慢的伪君子，天天拿着一套玄奥的道德说教去批评别人、伤害别人，而显得自己比别人更高一等；完全以自己的眼光去看问题，根本不理解，也不关心大家实际的心理状态。最后他说："你为自己编织了一个多么美好的梦境，但是我要说，梦该醒了。"读到这里，我内心非常难过。我的一片好心竟被这样理解，我瘫软在椅子上，听到那个自我的王国崩溃的声音。

强烈的痛苦、心灵的震撼，激发了我进行文学创作的动力。

高二的春节期间，整整三天我茶饭不思，以楚辞体创作了长诗《九忆》。诗中写道：

再拜归去不复返　长空浩渺吾已还
叠嶂凹撤泉入海　天狗北败月复盘
寒销日月凝煞气　星出东南携光环
苍冥万里凭翼展　光阴千载任飞还

诗中还有这样的句子：

余自远古来兮，见尸骸之塞路。
悲回风之浩荡兮，横扫千年而不息。
何寒秋之漫漫兮，又继之以严冬。
唯草木之零落兮，风飘四处无可归。

在创作《九忆》的过程中，我感受到众生悲苦，但悲苦越深，我对践行理想的信念也就越深。写完这首诗后，我觉得心中压抑已久的东西被清除了许多，乃至觉得，在这首诗中，我要说的已经说完，没有什么可悔恨了。于是我重新振作起来，找回对助人这份理想的憧憬。

在通过文学作品抒发内心情感的同时，我也努力地反思：为何我眼里的助人行为会带给同学们负面的感受？

我真的爱他们，可我爱的又是自己，爱自己眼中的他们。我非常想帮助他们，但实际上，我又在伤害他们。我一直想融入他们，可我最终却远离了他们。理想和现实的差距是如此巨大。原来从前的十几年，我都是生活在自己的世界里。所受的教育只告诉我如何与学习打交道，并没有告诉我如何面对一个个真实而具体的人。我认真反思自己当下的现实与过往，我似乎获得了很多成绩与荣誉，我似乎总站在道德的制高点对他们指手画脚。当我和别人在成绩上的距离越来越远时，我对别人的善意帮助，就成了挑剔与伤害。我经历了这次冲突，在自我形象的坍塌与沉默的思考后，痛苦地接受了现实，迈出了突破自我、面对他人和世界真实面貌的道路。

完成了阶段性的自我探索与反思后，我更有信心，也有更强的心力去思考和帮助同学们。高二下学期，从俄罗斯比赛完回来时，我已是数学组的第一名，说话更有分量，于是我展开了一系列努力，包括在数学组组织各种分享、讲解、比赛，也包括一些班级的活动。很可惜，当时的反思和成长还是很不够的，可以说只是刚刚开始有一点改变而已。以自我为中心和傲慢的习气仍然经常出现，在不知不觉中就伤害了别人。更重要的是，我当时不太清楚大家真正需要的是什么，只是急于把适合我的方法传授给大家。不过，当时已经到了竞赛备考最关键的时刻，如果我不做点什么，以后就再没有机会了，我也只能勉强一试。

记得当时我组织了一个"语文组"，希望发动起一批同学来探讨文学，一起提升心灵，也缓解竞赛的压力。一开始，大家还有一些兴趣。但实际上，我并不知道如何组织讨论、选择主题，又如何将讨论和现实生活联系上，帮大家解决实际的问题。慢慢地，谈话成了以我为中心的，大家也就没有兴趣了。

与此同时，我在数学组的各种尝试也没有太多成效。我曾经用十几节课讲述自己的学习方法、解题思路，却发现大家都在做自己的事情，只有两三个人在认真听，而我自己却因为说话过多而患上了慢性咽炎。难道是我的解题方法过于深奥，超出常人的理解吗？我提出的解法，带有自己的许多领悟，却与大家参加竞赛的实际需要差得太远。当时大家所需要的，不是什么洞察力，而是具体的如何做题。

人与人的心灵是如此不同，要帮助一个人就需要先深入地理解他的思维方式，而当时的我欠缺的正是这种换位思考或共情的能力，一直处在自我的世界中。彼时我虽有一腔助人热情，反复地尝试，内心起伏，却没有给大家带来多少真实的益处。种种想法和活动，最终都草草收场。

我很感谢父母、母校、老师和同学们的包容与关爱，给了我一而再，再而三地犯错误，并从中认识自己、不断成长的机会。

有人问我，这段经历是否值得？其实在高二时，我的竞赛成绩已足以保送我上一所理想的大学，或许在很多人的眼中更"明智"的做法是：得了眼病就好好休息养病，没有必要消耗自己的身体去搏那个奥数金牌，更没有必要为了别人的失败而如此消沉。

我知道这些痛苦，或许本不必经历。但从我的本心而言，我难以忍受眼睁睁地目睹别人的痛苦而无动于衷。每每这时，我宁可与他人一起受苦。那时我在内心深处觉得，自己和他人都是珍贵的生命，而所有的生命是平等的，如果众生皆苦，我怎能独享快乐？

所以我会用十几节课为同学分享解题思路。所以，我带着身心沉重的负担坚持到了最后，为我们曾经的集体争得了一块奥数金牌。

事实上，在后来的许多年，我都没有为此而后悔，我只是很遗憾自己的能力有限，并没有真正地帮到大家。从某种意义上说，这个至暗时刻的到来也是我自己的选择。而这个选择又影响了将来的一系列选择，让我没有成为一位数学家，却走上了一条完全不同的道路。

有人为我感到可惜。但天才又如何？世人眼中的成功又如何？让我无法释怀的，始终是人间的苦难。为此，我宁可放弃一切。

直到，我慢慢找到了属于自己的道路，将苦难升华，化为心中源源不绝的力量。

背上行囊，为爱出征

记得高三数学联赛的前一天，周五下课后，尹同学约我去打羽毛球。在路上，他说："柳智宇，我好紧张。我曾说比赛的结果我不在乎，可我真的不在乎吗？今天早上我突然发现，我就是很想得一等奖，很想被保送，很想上一所好的大学呀。"我轻拍他的肩膀，不知如何回答。

我们开始打球。那时，我为了解决眼睛干涩、疼痛的问题，刚配了眼镜，头一摇，整个世界就在眼前晃动，明明看准了飞过来的球，一拍子挥过去却打空了。尹同学挥拍却很有力，逼得我来回跑动。"用力些，再用力些！"尹同学对我说。我也就拼尽了全力，就像这是一次殊死搏斗，我的手臂酸麻，胸前像压了一块石头，太阳穴感觉快要炸开一样。

打了一个小时，我们到场边休息。我说："我知道了。"他问："知道什么？"我说："眼睛看不见，身体不能动，也不过今天这个样子，没什么大不了的。我要战斗！战斗到最后一刻！"

走出球馆，外面已经淅沥地落起了雨，我们都没有说话，并肩走进风雨中。

联赛结束后，我忘不了估分那天自习室里压抑的气氛。组长苦笑着把答案发给我们，他一出考场就已经知道自己考砸了。他的动作依旧十分麻利，却只是出于习惯，甚至像在梦游。自习室的同学中，有人把答案扫了一眼就扔掉，拿起书包离开。有人一题一题认真地看，甚至去看解答的每一个步骤，手把答案握得很紧，仿佛自己生命的重量就系在这张小小的纸片之上，看到后来，就开始啜泣，但依然坚持着把最后一个字看完。尹同学静静地坐在那里自习，根本没有看答案一眼，他看的是一本高考复习的书——他已经放弃了。下午的教室浸在一层秋日的金光中。这，像是一次伟大的送别。

我有点紧张，盯着答案看了起来。我认为这次大题做得很糟糕，只有小题全对才有可能超过分数线。这种可能性很小，谁能保证一点闪失没有呢？我一道题一道题地回忆，与答案比较，居然真的不可思议地小题全答对了。遏制不住心中的激动，我抬起头，却正迎上那些苦涩又期待的目光。"这次，我们学校都要靠你了，加油！""是啊，不能让别人小看我们数学组！""你要得块世界金牌回来！""我们这一届物理、化学也都没考好，你一定要加油啊！"我没有说什么，也没有去想这最后一年要如何奋斗，但我感受到自己的责任，为了大家的期待和信念，我要负重前行。

此后，与同学们的交往越来越没有共同语言。大家的所思所想，渐渐转向如何在高考中取得好成绩，而我要继续参加竞赛。原以为竞赛一结束，大家共同庆祝胜利，然后就有一大批同学一起读书，探讨人生与社会。现在却全非如此，他们内心的失落和沮丧，我不但无法安慰，也成为我内心放不下的牵挂。

我可以为大家做什么呢？那时，晚饭后，同学们经常用教室的显示屏播放《火影忍者》的动画，我本来不太感兴趣，但也随着大家看了许多——或者说，是听了许多台词。听同学评论说，这部动画里没有绝对的坏人，只是立场不同，许多人都是在为爱而战。我当时想，我又何尝不是为爱而战？我唯一能为大家做的，或许就是拿回一块国际奥数金牌，但我也不知道这块金牌对大家是否真的那么重要。

那时我还经常到班上去听课，因为一个人待在自习室，有时会突然有种冲动，很想看一眼我的同学们。我穿过长长的走廊，来到教学楼的另一头，听到熟悉的讲课声。走到窗外，看到那些全神贯注的目光和桌上整整齐齐摆放的高考复习资料，我突然感到一种疏离。语文课老师不再讲诗，只是单调地发卷子，让同学们做题，讲解。下课了，我想找人说几句话，却发现没有什么可说的，于是和大家待一会儿，就默默地走回自习室。

面对眼睛的疼痛，我一开始很难接受。然而一个月，两个月过去了，我也慢慢熟悉了如何与这种疼痛相处。简单来讲，一方面我要尽可能在脑海中完成大部分的解题思路，例如做几何题，要在脑海中构想出图形和辅助线，记住所有的线索和细节，虽然过程极其"烧脑"，但这种方法也是一条道路；另一方面，日常生活中要尽可能减少用眼。那时，我的母亲和一些关系好的同学会帮我读一些书，数学组的副教练李老师有时也会帮我读一些题目——这让我的用眼压力大大减轻。

年底到来，我将要去参加中国数学奥林匹克（CMO），即全国中学生数学冬令营。这是非常重要的赛事，由各省派代表参加，通过两天的考试在近两百名同学中，选出大约三十名选手，赴沈阳参加集训。集训队再选出六名选手，组成国家队，参加国际奥赛。那一年的冬令营，在南方一座温暖的城市——福州举行。

出发前，我和同学们在熟悉的食堂一起最后吃了一顿饭。大家都吃完离开了，只有曾经的数学组组长陪我留下来。

我说："我这样继续搞竞赛，到底有什么意义？我已经有保送资格了，我不是为了自己。我考得再好，又能帮得了谁？"

他沉默了一会儿，说："如果说要你为学校争光，你也许不会接受，说白了这只不过是要个面子。我们一起学了这三年，都希望自己有个好结果，要是自己没有，自己身边的人也没有，就会觉得这三年很失败。人还是要一点面子的，换句话说，也就是尊严。"

这回轮到我沉默了。

我突然说："我知道了，既然这块金牌对大家如此重要，那么我的坚持就是有意义的。虽然现在我的眼睛不好，处境很艰难，但我会坚持到底。请告诉大家，高考一定要加油。现在的情况，我很难受……"接着又是沉默。"你说人生究竟是为了什么？到底什么才是真正的幸福？"

他说："对于一般的人，有钱花，生活过得去就够了。可是总有那么一些人，这一辈子想做出点什么来。"

我说："这段时间，我想了很多。回顾整个高中，想到一起学习、奋斗的同学们。看着大家的失落、挫败，我不可能独善其身，我也很辛苦，我们都是在这颠沛之中成长。不过你放心，当前的情绪对我的比赛成绩不会有影响，我的目标很简单：世界第一。"

出发之前，我多次翻阅高一和高二时自己的诗作，希望从中汲取一些力量。

犹记得高二的秋天，一阵冰凉的秋雨过后，梧桐叶飘散满地，引动了我的怜悯之心。我写道：

应怜梧桐叶当风，轮痕屐齿黄泥中。
大风卷日随潮退，凝月昙花夜对空。
雪山云雨红旗开，大漠金石孤香绽。
乘风直济沧海去，梦里依稀故园山。

再次看到这首诗，也想到我的同学们。那些纯真的心灵，是否也如这梧桐叶一样，在秋风秋雨中飘零流转呢？面对高考和竞赛的压力，我能感受到大家内心的紧张，也知道他们对我的期待。我许下心愿，要为他们奋战到底。背上行囊，为爱出征。

这心愿，不仅仅推动我坚持与眼疾抗争，还推动我拿到了国际奥赛金牌。但一块金牌不足以表达我对他们的爱。高中三年，是一段对我来说刻骨铭心的记忆，因为投入了自己的整个身心，我感受到无比丰富的苦与乐，爱与憾。我将用这一生，乃至生生世世，为他们祝福。而这心愿，也不只是为了高中的同学们，也是献给众生。愿乘长风，直济沧海，不忘初心，普度众生。此心此愿，天地可鉴。

在北大，那些照亮我的人

北京的秋天空气干燥，气候宜人，很是凉爽，天空常常是一片碧蓝。我在北大的宿舍处在六楼，偶尔远眺西山，看那苍翠的山峦立在空阔的天地间。那些山在晴朗的天气里仿佛离我们很近，我曾想徒步一直向西方走，穿过立交桥和略显古朴的街道，走入那重峦之间，将自己融入山色中。而在阴天，不管怎样向西眺望，都只能看到一片苍茫的灰色。这所有的美景终将化作记忆，在我的灵台上又会留下些什么样的痕迹呢？

八月底，大一新生入学报到，父母陪我一起来到北大，偌大的校园、熙熙攘攘的人群、青春的面庞……想到以后自己就要在这里学习、生活，我有点期待。一方面希望在数学上继续探索，提升自己的思考维度，争取有所突破。另一方面也有点茫然，因为没有熟识的同伴。独自在陌生的校园行走，孤独感阵阵袭来。

有一回导师约我们小组的十个人去交流，大家围坐成一圈，分别谈自己最近的心得与困惑。有同学说高中没有搞过竞赛，而从高中到大学的数学思维方式发生了很大的转变，因此感到不适应，学习压力大——上课听不懂，作业想了一下午，一道题都做不出来，很受打击，非常难过；有同学说要办一个什么手续，因为没看清楚而没办成，时间白白花费了，很着急；还有抱怨同寝室的同学作息时间不一样，很难相处；有同学说找不到目标，不知道学了这些以后有什么用，又没有兴趣，很茫然……我听着，想想自己遇到的困难与同学们的相比，也不是最严重的。我思考，我能为同学们做点什么呢？

导师建议我们办讨论班，巩固上课学习的重点、难点。数学讨论班就这样成立了，我组织讨论班一直坚持了两年半。那时，我的眼睛仍然时常干涩、疼痛，我自己学习也不容易，有时同学们也会帮我读数学书。讨论班讲题时，因为板书在黑板上，字比较大，我的眼睛反而不容易疲劳。数学讨论班，每周办一次，一般有一二十人，最多时也有过四五十人。每次讨论，大家都觉得很有收获，很多题目得到了解决。在自己痛苦和迷茫之时，因为看见大家听懂了一道题而露出微笑，我的内心感到温暖而鼓舞。

那年冬天参加禅学社的活动时，我认识了一个研二的师姐。不知为什么，一见到这个师姐，我内心就感到特别温暖。师姐的声音很柔和，仿佛能抚平我内心的伤痕；她的微笑中流露着淡然，仿佛什么都已了解，什么都能包容。

一个下雪天，我站在屋檐下等待她的到来。

"不好意思，我迟到了。太对不起了。你没有生我的气吧？"

"没有啊，我只是想，如果你先到，就该你等我了。"

"这样啊。"她带着几分愧意说，"你是不是觉得，这样我就可以体会到你在这里等我的心情了？"

"不是不是，这里这么冷，我在这里多等一会儿，就免得师姐等我而受冻啊，我想到这里就非常开心。前几天，也是下雪，我仰望天空，看雪花飞动的样子，后来就冻感冒了。"

我们静静地走在雪中，好一会儿都没有再说什么，但她似乎也很感动。后来她发短信对我说："我愿意像姐姐一样关爱你。尽管我不知道能为你做点什么。"

师姐带我认识了很多学习传统文化的朋友。我最大的感触是，为什么每个人都笑得那么开心？这是我在别处很少见到的，单纯、自然的微笑。我也想笑，却笑不起来，仿佛心头压着千斤的重担。这样过了许久，我心头的坚冰依然没有一点融化的迹象。"那时我们都觉得，你不像一个刚上大一的孩子，而像一个二十四五岁的人，甚至更沧桑，我们都不知道该如何帮助你。"一个朋友后来对我说，"但慢慢地，你脸上的阴霾就消散了。"

师姐对我说："无数世界，就如同无数宝珠，每一颗都在其他的宝珠上映出自己。你中有我，我中有你，大小相含，'一沙一世界，一花一天堂'。人的心也能如此，无限自由和宽广。"

我问师姐："为什么我害怕接触人群？他们说话，就仿佛在说我；他们笑，就仿佛在笑我；乃至他们哭，也仿佛因为我。哪怕是帮助别人，我也怕自己做不好，很尴尬，很胆怯。"

师姐说："看来你还是想自己想太多啦，去做就好了。正所谓无我，把自己放下就好了。"

我说："可我是想帮助别人，怎么会是在想自己呢？"

师姐说："你怕帮不了别人，怕别人的不理解，怕自己说错话、做错事，达不到对自己的期许和标准，这也是在想自己呀。"

我说："那我应该怎么做？"

师姐说："多去体会别人的感受，多宽容自己。"

我说："宽容自己，不是在纵容自己的错误吗？"

师姐说："太关注自己的对错，一样是执着，希望自己能做得很完美。但如果你不接受自己真实的面貌，那么你也不会愿意去了解和包容别人。真正的爱，是去体察、了解对方，忘掉自己，这样你就能很快乐。"

接纳自己、体谅他人。这真是太重要了。许多人无法跨越自己与他人之间心灵的鸿沟，自始至终都生活在自己的世界里。我们从小就被教导要"助人为乐""无私奉献"，但没有人给予细致指导，更没有人在身边示范，于是助人与奉献慢慢地成了一句口号。

有一天，我和师姐一起吃午饭，好久都没有说话，气氛似乎有些尴尬。"师姐，我不知道该说什么。""那就不说好了，自然就好。"我心里一阵莫名感动。过去的许多经历，突然涌上心头。"我总想为别人做些什么，可是似乎做什么都没有用。"我支吾着。师姐静静地听着，只是微笑。

那一刻，我的心结纾解了，我知道世上有人这样地包容我，愿意聆听我的心声。从师姐的言行中，我真切地感受到慈悲的力量。

和师姐互动较多，是在大一下学期。后来，她忙于毕业论文，和大家相处的时间少了。她毕业之后，我们也很少联系，但她的人格一直印在我内心深处。直到现在，我在与人相处时，也会像她一样去静听、体察对方的心声。

当时还有其他几个学长、朋友一直关心着我，当我低落之时，他们总是守护着我，也愿意解答我关于人生和修行的各种疑惑。有一段时间，我每天都会给师兄师姐打电话，讲我的收获和问题。那时是大一暑假，长途电话费很贵，而且还要占用他们的时间，但他们从来没有拒绝过我。我真的非常感谢。他们的关爱，于我是一种救赎。

当我面临人生困境的时候，我常常会想起那段因承受苦难而刻骨铭心的记忆，想起他们给予的光明与温暖。是他们的爱，照亮了我的整个身心。

晴耕雨读的日子

大二下学期开始，我较多地参加耕读社的活动。大三时，我成了耕读社社长。

耕读社是一个传统文化类社团。耕，即实践；读，即读书。耕读社的名字，寓意读书与实践并重，知行合一。

犹记得大二上学期末的时候，我在耕读社看了两集《孔子》，感佩于孔子的人格和心怀苍生的胸襟。寒假回家就和父母一起看了全剧，当时自己立志要做孔子那样的人，也希望能找到像孔子那样的老师。

在《孔子》的启发下，我内心的理想和志向再次闪烁光辉。高中时，我就思索过自己的人生理想，即便当时参加数学竞赛一路较为顺利，我也并不认为成为一个数学家是我人生最好的归宿。我渴望成为引领大众心灵成长，帮人类解除苦难的人，像佛陀或孔子那样。孔子的人格魅力，在于他面对一切境界的坚守与从容。即便在陈蔡绝粮、被军队围困之际，他也依然能与弟子抚琴而歌。不管他面对的是权贵，还是底层平民，他都始终心怀善意，这种心境令我向往仰止。那段时间，孔子的身影经常出现在我的脑海中指引我。

在这种力量下，整整一个月，我不管做什么都特别有劲头。学英语的时候，我想到自己学会了这门语言就能与更多的人对话，将来能够帮助他们，也能够学习西方的文明成果；学数学时，就想了解宇宙的奥秘，能与数学家伟大的心灵对话，能用数学启迪人心；在社团或者讨论班里做每一件事，都当作自己学习和锻炼的机会，以便将来更好地服务大众。

清晨醒来，心情就很好，快乐而宁静。在街道上走，看着往来的路人，也会觉得他们的心其实与我的很近，万物充满生机。晚上睡前，总觉得这一天很充实，内心充满力量——大概接近于儒家提到的"仁"吧。

大二下学期，我当上了耕读社的副社长，那时要做许多事情。填社团登记表，组织招新、迎新会，要和许多不同性格的人打交道，这些对我来说，都是第一次。换作以前，这是我完全不敢想象的。比如，我非常不愿意填那些复杂的申请表。然而在当时那种心境的推动下，我很顺利地完成了这些工作。迎新会后，还有人说我很儒雅，我想大概是孔子的人格已经开始内化于我的生命中了。

耕读社的活动，也分为读书和实践两部分。

我们每天七点在静园草坪早读，那里非常开阔，有一大片嫩绿的青草，以及一个由石头铺成的广场。两侧则坐落着一串古朴的院落，那是哲学系、东语系等的办公室。早上老师们都没上班，也不用担心打扰其他人。我们常在广场上围成一圈，迎着晨曦诵读，朗朗的读书声有时也会吸引路过的同学驻足。

我们朗读的速度会稍慢一些，让大家沉浸于这些文字之中，体会古人的意境。同一篇文章会读诵七八遍乃至十几遍，等到大家较为熟悉文本之后，再辅以简要讲解。早读时，我们读过《论语》《大学》《中庸》《孟子》《诗经》等，阅读这些经典的时候与古人的心相契合，能感受到一股浩然正气从心中生发，身心格外地坦荡、通透。七点半在食堂一起吃饭，然后各自去上课。

周二和周五晚上九点十分会有晚读。早读以诵读为主，而晚读以义理探讨为主，晚读时曾读过《孟子》《诗经》《易经》等。

我们的实践活动丰富多彩。传统的活动项目是有机农耕，地点在昌平的一个有机农场，是大家亲近自然的好地方。此后，我组织过捐衣、助学、奉粥等多项实践活动。这些活动可以培育善良的发心。我们平时的生活，是与学业为伴、与竞争相随的。长此以往，我们会缺乏与人真诚的互动，内心越来越僵化，路也容易越走越窄，乃至出现抑郁、焦虑、空心病等多种心理问题。而在参与活动的过程中奉献与行善，扩大了我们的心胸，可以容纳更多的人、更多的事，拉近彼此内心的距离，让心越来越有力量、越来越光明、越来越有智慧。这就是耕读社的一个重要理念："历事炼心"。

很多同学参加了我们的实践活动，都有非常深刻的触动。

二〇〇九年五四青年节，奉粥活动正式启动。活动针对的人群，是没有工夫吃早饭的上班族。我们要为他们献上一杯爱心粥，这样一个看似简单的方式却能让大家敞开心扉，体验奉献所带来的内心充盈感。同学们在心得中写道：

> 不知不觉中，我仿佛回到了童年……在恍惚当中，我觉得奉粥好像一个很好玩的游戏，有一群大哥哥大姐姐带着我，迎着春晨的阳光和舒缓的音乐，玩得好开心，好开心。最幸福的事情，莫过于生活在爱与感恩当中。

> 我觉得他们每一个人的笑容都是那么天真无邪，充满爱的光辉，那是心灵如此纯洁安定的人才能散发出来的。在志愿者队伍里，有在慈善机构工作多年的师姐，有在附近素食餐厅打工的小伙子和小姑娘，也有曾在世界五百强企业工作过的社会精英，还有许多清华、北大的兄弟姐妹。但是不管来自何方，在这个活动中，每个人无不怀着一颗谦卑、慈善的心，在为他人做着自己能做的事情，想想夫子所说的"大同"世界也就是这般了吧。

> 仅仅只是一天，我已经感觉到自己在改变。这样想的时候，顿觉人生无限辽阔与富足。

> 奉粥归来，我感觉天似乎都变得更蓝了。想要把这份善心，分享给我遇到的每一个人。

奉粥展示出一种特殊的魅力，给参与者很大的震撼。有一个同学，连着一个月几乎天天参加，她告诉我自己的心原先缩得很紧，很容易排斥和怀疑别人，也没什么朋友，紧张感和不安全感常让她的校园生活沮丧无力，人生很迷茫。这么多次的奉粥，让她的心打开了很多，而人与人之间真诚的互动、善意的回馈，让温暖的感觉流淌在心中，滋养着生命，人生也更有意义了。

另一个同学说，一开始不知道为什么要去奉粥，甚至有一些排斥，到后来好像一周不去奉一次粥，就缺了点什么，因为很想见到其他参加奉粥的义工，在这种氛围中非常开心、放松。

还有一个同学说，自己原来面对学业有些焦虑和抑郁，害怕毕业论文通过不了，一个人苦苦地煎熬。奉粥之后，他觉得很快乐，来了好几次都感觉很不错，似乎有一种被"充能"的感觉。这时他想到，此前自己一直陷入情绪之中，聚焦于那些负面的想法。解决这些问题最好的方法，就是暂时忘掉自己，与他人联结。于是，他接着报名了社团的其他实践活动。适当地参加实践活动，让他找到了自身的价值感，更放松、更有力量地去面对学业压力。

不仅学生如此，对很多都市白领来说，人与人之间真诚的付出与联结，也是治愈各种心理问题的良药。当大家生活在焦虑中，仅仅为生活琐事而忙碌时，我们的生命就被局限住了，即使表面上很平静，内心也被冷漠、成见、欲望占据，很少有来自心灵深处的感动和深刻的生命体验。而哪怕是简单的公益活动，如果有效地组织，也可以让我们敞开心扉，获得些许温暖与光亮，看到世界的丰富与美好。

我任社长期间，曾作一首《耕读吟》作为社团的社歌。

巍巍大丈夫，逍遥天地间。白云为伞盖，日月为缨络。

晴耕南山田，福田心性田。雨读北阁书，民书山河书。

溪流此山间，粼粼万物现。山中有美玉，盈盈百草鲜。

风雨虽如磐，我心亦无边。日夜思万民，经史如能言。

我很感谢北大耕读社，感谢我的伙伴们，是你们让我打开心扉，找到了志同道合的伙伴，走上了在善行中成人达己的道路。

爱情中的成长

还俗之后不久，我开始了一段恋爱，并顺利地走入了婚姻。

走入爱情和婚姻，既是对过往成长的检验，又是一段新的成长历程。

慈悲之心是大爱，爱情中的爱是小爱，但我觉得这两者并不矛盾。人都需要陪伴，害怕孤独。一般人都需要从小爱中体验爱与被爱的感觉，获得更多的安全感和意义感。自己内心足够温暖之后，才能培养出无所求、无挂碍的慈心。走入爱情之后，我的内心更有力量了，伴侣的关爱是我坚强的后盾。但我也知道，即便是美满的爱情，也并不是终点，而是我们修炼的道场。

最早认识她是在二〇一八年，我下山之后。我们通过邮件相识，她会向我咨询一些佛法和心理学的问题。她给我留下了非常好的印象，说话思路清晰，性格和人品很好，善良，有同情心。在之后三年多的时间中，我们很少联系，只有偶尔几次她用微信问了我一些和佛学及心理相关的问题。我会回复她，帮她解惑。

时间一晃就到了二〇二二年。那时我已还俗，住在通州的一个精舍，我希望找一些学佛的朋友做室友，男女不限。于是我就在自己认识的北京佛友中逐一发微信询问。她回复了我，了解了一些相关的情况。这时她也听说我还俗了，便说有空一起吃顿饭。后来她告诉我，当时她只是客气一下。而我却非常认真，并且回忆起过往对她的印象。于是我们约好在天厨妙香素食餐厅一起吃午饭。这是我们第一次见面，当时我就有些心动的感觉，她可爱、温柔，又很有气质。而且她也在修行，追寻心灵的成长。正好她也没有男朋友，我当下就说："能不能相处看看？"很快，我们就在一起了。

其实我并不是一个很随意的人。在短暂的互动中，我调动了过去关于她的记忆，又运用心理学的知识和经验，快速做了判断。现今很多人的择偶标准过分看重车、房、工作、父母、积蓄等因素；我认为这些外在条件，并不能保证幸福的婚姻。而另一些人则纯凭感觉，过分相信"一见钟情""天意的安排"，从而不想做理性的考量。通过心理学的学习，我理解到所谓"恋爱脑"，可能是来自原生家庭中的缺失和心结，在寻找童年求而不得的爱。两个人相处久了才发现，对方并不是自己想象中的样子。

多年学习心理学，我知道心理健康对于人际相处是极为重要的，人际交往中的矛盾很多是自己内心矛盾的体现，一个自身性情稳定、内外一致的人，也容易拥有较为稳定、高质量的人际关系。她活泼开朗、有爱心、温柔、知分寸、有礼貌，和父母的关系也很健康，工作上也较为顺利，我很庆幸能遇见心理成熟度较高的她。她对佛教的信仰也很虔诚，我们三观一致，又有共同语言。如果没有大的意外，她就是我理想中的伴侣。

那时受疫情影响，有时我不能去单位上班，小区也被封锁，我就邀请她来通州共住。那时我住的通州精舍还有另外两个朋友共住。我和她有了更多的时间相处，感情也逐渐升温。

和她在一起后，我的生活开始变得细致。以前我的生活是很粗糙的，有时把自己搞得灰头土脸的。此时，我开始注重皮肤的保养，也知道了不同护肤品的用法，养成了许多好的生活习惯，在生活中也更懂得照顾自己。

我们会很直接地表达对彼此的爱意，有分歧时也会直接地表达观点和不满。我们有时也吵架，但不会夹杂太多的情绪，也没有激烈的言辞，基本是就事论事。而我也总会在第一时间道歉。而吵架最主要的原因，是我经常沉浸在自己的思维当中，她说话的时候或需要我的时候，我却没有回应。我寻思，我曾发愿要爱天下的众生，为何对身边最亲的人不能给予足够的关心呢？或许，从另一个方面来看，我很自我，希望周围的人都配合我的安排、我的规划，没有看到他们当下的需要。我一投入工作之中，对身边的人和事就经常视而不见、听而不闻。爱一切众生，确实要从爱一个人开始练习呀。

在很多人眼里，我善良、慈悲，为了帮助他人付出过很多，乃至会让自己很劳累，这也是以前我对自己的认知。但在这样近距离的相处中，我才看到自己在日常生活中以自我为中心的那一面。好在我已经懂得如何走出自己的世界，了解他人的需要，也懂得如何去平衡爱他人与爱自己。我所要解决的是一个习惯的问题，这个习惯由来已久，就是专注于自己所关心的那些事物，而忽略很多其他的部分。这个习惯也是让我获得奥数金牌，在学业和工作上取得很多成就的重要原因。但如今，我意识到这个习惯是有缺陷的，过度专注于自己的事情也是一种迷失。

记得小时候妈妈就曾说我老是顾着自己想事情，走路不看路，也没有安住当下。如今在恋爱中，我开始认真地调整自己的习惯，保持更多对当下的觉察，减少对工作或其他事情的黏着，关照到身边发生的事情以及周围人的需要。

我在慢慢改变，外出回来或到重要节日多送一些礼物；从工作中抽身出来，多留一些时间陪伴她。最初我不知道该送什么礼物，有好几次送的是一束花，但总不能每次都送花。也是在这个过程中，我更深入地了解了爱人的生活习惯、饮食习惯，包括穿什么款式的衣服、用什么样的口红、佩戴什么样的饰品等，从这些具体的地方，练习对一个人的理解和觉知。

有一段时间，我很害怕失去她，害怕她对我有意见，进而和我分手。或许她对我来说太珍贵了，也太美好了。她的痕迹遍布我生活中的方方面面。因为我不吃肉，她便会钻研如何把素食做得更加美味。我很喜欢吃她做的饭菜。在工作中，她也会给我很多的帮助，帮我整理文稿、审核拍摄的视频等。许多年来，我从未感受过有人这样全心、全方位地理解和支持我，所有的想法和感受，以及所有的喜悦与痛苦我都可以与她分享。有一次下班回家，她打开门，呼唤"我的宝"，我瞬间感动得流下眼泪。我是她生命中的珍宝，而她也是我生命中的珍宝。

我们一起诵经，一起坐禅，一起散步，也会分享彼此的修行心得和人生感悟。我们有过几次深入的长谈。有一次，她提到了高考时的艰辛经历，在这次长谈中，我们梳理了当年的问题，她回忆起当时内心的煎熬——孤独，以及无人诉说、不被理解的痛苦，流下泪来。我静静地陪着她，握着她的手："我多么希望能回到你最难受的时候，听你诉说，好好地抱抱你。"她内心的情绪慢慢地宣泄出来。从那以后，这个问题似乎就彻底解决了。我也向她分享自己过往的许多伤痛，也在她那里获得了疗愈。

温暖、友善的人际关系，是疗愈一切心理问题的良药。

今年年初，我和她一起回了武汉，我的父母很喜欢她。在我家，她会陪我父亲一起看他的摄影作品，我爸津津有味地分享在各国旅游的趣事，她很喜欢听。她还会陪我母亲一起看电视剧、聊天。我们和父亲一起去楼顶看夕阳，看东湖全景，一起去我的高中校园、我小时候住的老房子。我们一起吃饭、喝茶，交流对画作、音乐的看法。我才发现，我的父母原来那么需要陪伴，有她在的时候，他们都会和她一直聊天。原本安静的家也多了欢声笑语和饭菜香。之后，我又去了她的家乡。她的父母也是很好、很热情的人。我在她家时，每天都有很好吃的水果和饭菜，他们亲切地叫我"智宇，吃饭啦！""智宇，多吃点"。记得临回武汉前，她的父亲非常不舍得即将出嫁的女儿，叮嘱我："姑娘以后交给你了，你要好好照顾她，以后你们要互相帮助，好好生活。如果吵架了，要彼此多担待。"我感受到了自己肩上的责任。

后来，我们顺利地进入了婚姻。为了避免婚宴时的杀生，也为了避免媒体曝光带来的打搅，我们没有办婚礼，仅仅是和父母及少数亲戚一起聚了个餐。五一时我们去了一趟大理，算是结婚旅行。

在财务方面，我每月收到工资后，自己留下部分，剩下的全存入我们的共同账户中，由她去处理家庭的日常开销。我们对未来没有特别的规划，至于是否要孩子，也是随缘而已。

爱，是生命的起点；爱，是我们内心的渴望。但爱，也是需要学习与修炼的。我并非一个天生情商很高的人，我曾经犯过许多错误，但我愿意不断成长，在我三十五载的人生以及未来，不断地学习：如何去爱。起初的懵懂无知，后来的挫折与失落，激励我加倍地努力，终于我走出了自己的世界。"有朋自远方来，不亦乐乎"，这个"远"并不是物理距离的遥远，而是心路历程的遥远，只有不断地成长，才能更加走近彼此。

每个生命都珍贵

对众生的悲悯，贯穿着我的整个生命历程。以下这段故事，发生在二〇一一年，我上山一年之际。

盛夏时节，成百上千可爱的小生灵会扑动银色、灰色或褐色的翅膀，来到我们身旁。在寺院的背后，偌大的山林是它们的王国，它们是山之灵气的化现。我曾观察过一种被大家唤作"臭大姐"（学名为椿象）的虫子，这种虫子根据翅膀的长短、颜色、形状来分，少说也有十余种。除了这种常给大家带来恶作剧的"大姐"，还有一种金色的橡树虫会在八月的一天突然铺天盖地拥来，在窗子和门外扇动翅膀，似乎对山上的生活非常好奇，总想进来看看。

这年夏日的工地热火朝天，我们和义工一起搭建自己的"家园"。不分昼夜地抢工、赶进度。太阳下山后，夏天的暑热退去一些，蝉鸣四起，夜色笼罩着整个山林。偶然地一瞥，我注意到很多小飞虫扑向夜晚工地照明用的灯具。那是一种很亮、很烫的白炽灯，虫子碰到灯上，便如触电般立刻疼得弹开，有的虫子翅膀当即冒起烟来，直直坠在地上。许多虫子被工地上的灯烫死，一阵悲痛涌上心头，我想哭。

可是大家都很忙，楼如果不能及时建起来，现有的居住空间就不能容纳这么多人。我想，既然如此，不如亲自将灯改造一下。为了摸索出拯救它们的办法，我花了两个多月的时间研究各种方法，寻找各种材料。从最开始害怕虫子，到对它们有了深深的感情。闭上眼睛或在梦中，我不时看见那些在空中扑动的翅膀。

新的灯具、插头和线都准备好了，我找到A师兄，问能否请水电组今晚就安装。

"再考虑考虑。"

"我可以来装灯，我都会。刚才我问了水电组的同学，今晚也没什么特别的事。"

"跟你说过多少次了，我们会自己安排。你安的灯我们还不放心呢。"

我给A师兄跪下了。

"求求您了！能不能今晚就安上，我不想再死一只虫子了，我已经不能忍受了。它们都是珍贵的生命。"

其实，我从小就害怕虫子，如果在自己的抽屉里发现一只蟑螂，我会马上吓得跳开，更怕它们爬到身上。接触佛法后，我知道了"不杀生"的重要性。虫子有点脏，不小心踩死它们又很麻烦，我对虫子从此更是敬而远之。后来一个师兄告诉我，"不杀生"是因为慈悯一切众生。

有一天正下着雨，我和师兄行至山门附近，看见一只如小孩手掌般大的蛾子趴在地上缓缓挥动翅膀。师兄很小心地将它拾起，放到干燥的地方，然后蹲下身为它念诵经文。我还是有点怕，它是那么大，翅膀上满是斑纹。但在那一刻，我体会到了由千年前辗转传来的慈悲心曲。师兄说，它也有自己的感情，有自己的痛苦和快乐。

有一天晚上，我有些胆怯地来到一盏灯旁（除了水电组，我们不得随便靠近灯源，以免出危险），将一个废弃的棉纱网罩套在灯上。棉纱网垂在灯的四周，对光线影响不大，许多虫子被灯光吸引过来，碰到棉纱网后便趴在上面，而不会撞到灯上。我在一旁观察，可不一会儿，就看见棉纱网开始倾斜，并冒烟了。我赶紧撤下来，发现灯的温度太高，棉纱网罩的塑料支架融化了。

隔天下午，我做好一个简易木支架，准备替换原来的塑料支架。那天的虫子特别多，我在灯旁安支架时，双手爬满了虫子，衣领里也是。我顾不得这些。把木支架装好，正在挂纱网时，当晚的指挥A师兄走过来，说："你在做什么？给我回来！""师兄，这样虫子就不会被烧死。""要是起火了怎么办？"我不说话了。"快给我回来！"我迟疑着把支架和纱网取下，看着一阵阵浓烟从滚烫的灯芯升起……

几天后，我放下手头的事，去库房领了一些铁丝网，花费一下午做了两个铁丝灯罩，给灯罩上。本以为这下问题就解决了，可第二天一看，铁丝网灯罩上密密麻麻都是虫子的尸体。灯罩太小了，虫子停在上面，过一会儿就热昏过去，随后被烤死。有同学对我说："你这样做，死得更多，本来撞上去的没几只，大多都弹开了。"我心里很难受，因为自己的无知，这么多生命无辜逝去。我一时间不能接受自己。

我想起一位国际上有名的禅师，在一次帮助难民逃亡的过程中，因为各国政府都不愿让难民登陆，难民被海盗洗劫，全被杀害了。那位禅师愧疚万分，却并未停下救援难民的行动，反而变得更坚强，最终救了无数人。以前我对这个故事体会不深，此时却得到一种启示和力量。世间的苦难、善行的失败，不是让我们退却，而是在激发我们的慈悲和担当；自身的缺陷，不是让我们放弃理想，而是在激发更大的自我完善的意愿。

我去找B师兄，请他帮我再找一些铁丝网，做更大的灯罩。好不容易做好三个，装了两个，我碰到A师兄，他一见我便将我痛批一顿。原来铁丝网会导电，把一个同学电到了，幸好没有受伤。我这才知道要给铁丝网贴绝缘胶带。我只从一个角度看问题，冒冒失失地行动，对许多电工常识都不了解，也未考虑施工进度与工地的安全问题，给别人带来了很多麻烦。

但我仍然没有放弃，本来可以避免失去生命的小虫却因为施工的路灯而不断撞上去，它们本可以继续活下去，一想到这里，我更坚定了救它们的愿望。

我发现虫子会钻进铁丝网的接缝处，于是我用胶带把接缝封上。一个雨天过后，我来看实验成果，结果惊呆了我。胶带被雨淋开了一半，上面密密麻麻地粘着一种芝麻大的小飞虫，有些胶带没被淋开的地方也挤进了小飞虫。小飞虫的身体非常脆弱，人稍碰一下几乎就要令它们开膛破肚。我没有办法把它们从胶带上取下来。天又要下雨了，我只好离开，那时它们中的大部分还活着，我内心非常痛苦。后来一直帮助我的丁同学告诉我，另外一个灯罩他已经处理了，死掉的虫子太多，他怕我伤心，不忍给我看。

我几乎每天都要到工地上转两圈，上午去看灯罩的情况，傍晚去实验新方案。有人对我说"你给它们念诵经文就行了"，可我总觉得不忍心。希望每天出现，失望也不断累积。有几次，我感到心里麻麻的，自己那么渺小，没有力量再去保护这些生灵了。B师兄鼓励我坚持做下去，他在农场时也思考过如何与昆虫和谐相处的问题。他说："高科技时代，环境破坏如此严重，关于人如何与自然、与其他生命和谐相处，世界各地都没有一套很完整的办法，究其根源还是人的贪欲，太追求效率、想的太多。我们常说的'众生平等'，其中体现的生命关怀对人类有很大意义。"我听后，知道这件事的意义不只在救几只虫子，还是对人类生活方式的走向的探究，便决定做下去。

为了做实验，我在工地爬上爬下，一开始笨拙而胆怯，后来在三四层楼高的架子间上下穿梭也不觉得很困难。我总趁电工不注意，偷偷去实验，慢慢地，我对灯具和线路愈加熟悉。电工们不说什么，有时干脆将工作全交给我，自己回去了。因为这，我也经常被好几个师兄批评。

制作铁丝网灯罩的工艺我终究没有掌握，后来又尝试用温度较低的钠灯吸引虫子。钠灯摆在白炽灯后面时，虫子会被钠灯吸引，我思考其中的原理，发现和灯摆放的位置有关。实验成功了，虫子的死亡率可以减少到原来的十分之一以下，虽然结果还不圆满，但也稍稍了却心愿。每晚，我都盯着义工们摆灯，很多人不理解。有一回，一个同学说"你牵的什么线都不懂，别乱来"，接着一脚把一盏钠灯踢翻了，插头掉下来，灯熄了。A师兄也批评我影响工程。

我提出几个方案，最后决定购买不伤虫子的灯，替换现有的灯具，从根源上解决这个问题。B师兄派戊同学陪我到灯具市场挑选了四种灯，回来又实验了一周左右，最后选定了一种LED灯。它使用的是现在比较先进的技术，节能、寿命长，国家也在推广，只是价格贵一点。C师兄说，能多救一些虫子，价格贵一点没关系，但需查一查这种灯在生产过程中会不会产生污染物，乃至牵涉杀生。我从网上查了一些资料。LED灯从生产、运输到使用的总能耗与节能灯持平，为白炽灯的四分之一，没有明确牵涉到杀生的生产步骤。

我不能再忍受虫子被烫死，情绪激动地恳求当晚就安装。我给A师兄跪下，当晚劳动时我来到灯旁，略紧张地观察使用效果。这种灯虽然比原来的白炽灯稍暗一些，但也能看得清楚。用手摸一摸，一点不烫，只略微有一丝温暖，吸引的虫子也不多，有一些小虫很从容地在灯上漫步。休息时，厨房送来一桶切好的西瓜，我觉得这次的西瓜格外甜。我吃完，将西瓜皮放在灯旁，布施给这些小小的客人们。我把最初用的棉纱网放在柜子里，秋天又用它放生了许多"臭大姐"。

四季更迭，相信在下一个蓬勃的夏天，那些扑动着翅膀的小精灵会再次来到我的身边。

在佛法中，我重拾了生命之初的信念：所有的生命都是平等的。哪怕是一只小虫，也有它的痛苦与快乐，也在追寻自己的未来。生命是可贵的。每个生命都值得被爱，值得我们好好珍惜。

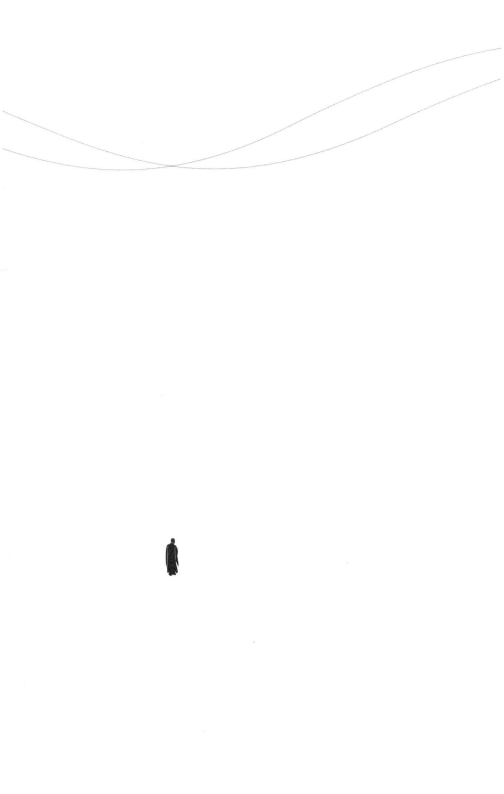

第五部分

心理学，众生心

随缘助人，心无挂碍

在山上，我花了很多时间倾听和陪伴那些心情不好的同学。

有一个朋友和我年龄相仿，因追求完美的性格而陷于焦虑与恐慌。他之前就有追求完美的倾向，修行后会为自己起了不好的念头而惶恐不安。他不敢在公众场合露面讲话，但那时有各种活动需要我们参与组织，每次轮到他，他都感到特别焦虑难熬。

有一次他找到我，说他找了很多人，但似乎都没有用。我看到他脸上痛苦的神色，非常想帮助他。我们来到一个没人的教室坐下，开始探讨。一开始，我也不知道怎样帮助他，只是陪伴、倾听，试着放下一切理论，仅仅去理解他的处境和心情。当我慢慢走进他的内心世界时，奇妙的事发生了，我感到一种强烈的共鸣，我能从自己的心中体验到他的感受，并很准确地描述出来，仿佛他的心就在我的心中。当我描述所体验到的他的感受时，我的心在震颤，我的语调缓慢而低沉，仿佛在帮助他倾诉内心的痛苦和纠结。我也表达了对他的心疼：你是多么善良的一个人，追寻生命中那些纯真而美好的事物，但现在，焦虑与担忧仿佛成了你生命的底色，如挥之不去的阴影伴随你这么多年。你有时会感到绝望，也很难过……

他接收到这份共鸣，我感受到他的表情及语调更加丰富，内心的情绪慢慢流露出来。在这个过程中，我好似分担了他的部分痛苦，也与他共同面对人生中的困厄。大约二十分钟的倾听和陪伴，让他感觉好了很多。焦虑和恐慌，在不知不觉中烟消云散。

这是我发乎本能的一种行为，后来发现这一行为与心理学相契合，也就是我们常说的"共情"。共情是心理疗愈中的重要因素，我们倾听和陪伴他人就是对慈悲最好的练习。

这个朋友的状态不时反复，持续了一两年。当我们有机缘在一个地方的时候，每次出现这样的问题，我都会陪着他，倾听他。这是一个漫长的过程。为了这个朋友，我一直在想办法，并了解了他完整的成长经历。有一天，我高兴地找到他，对他说："我知道答案了。你可以经常对自己说'我不用每次都考一百分'。"他的焦虑与紧张源自成长过程中被苛求的经历，只要他略有做得不够的地方，老师和家长就会说"你看，还有很多不足吧"。老师和家长可能是希望他能继续努力，但却让他养成了习惯，每次都希望自己能做到完美。

我让他回到习惯养成的原点，在那个原点安慰当时的自己：我不用每次都考一百分。他这样尝试了一下，告诉我："真的有效！内心会慢慢松弛，焦虑也逐步缓解。"

正是在这个朋友身上，我看到了心理学与现实生活更紧密的联系，也体会到心理学真实助人的可行性。

我最早接触的心理学疗法，是卡尔·罗杰斯的人本主义疗法，也叫来访者中心疗法。罗杰斯强调营造一种有滋养的人际关系，即全然地接纳来访者，看到他身上积极的部分，尽可能地共情与理解。咨询师自身要真诚，作为一个真实的人与来访者互动，给来访者带来疗愈。

这个思路和我的为人风格及此前的实践非常吻合。身处困境时，一个人需要的不是道理，而是一颗愿意倾听自己、理解自己的真心。适时提出建议是好的，但要建立在充分理解他人处境的基础上。每一次倾听他人，我常感受到两个灵魂的共振，与他人一起经历生活和情绪的惊涛骇浪，但并不被浪花吞没，我们一起前行，最终走出困境。在这一过程中，我的慈悲心得到浇灌，有时我会流下泪来，因为切身体会到对方的痛苦和不易。

最初开设课程的时候，我会为每个学员安排一次半小时左右的访谈，用类似心理咨询的方法帮助他们梳理当前的身心状态，以及学习、修行中的一些问题。这种有针对性的指导，大部分同学都感觉很有帮助。我自己也从中获益良多。

但这个过程也会带来一些痛苦。特别是遇到对方有很严重的心理问题，难以解决的时候，我自己也会卷入其中，感到低落、无力。

曾有一个学员，也是长期因自己会起不好的念头而困扰，但比上面提到的那个朋友更加严重，乃至会出现头痛等生理反应。有一段时间，我每天都会去找他谈话。在我工作、修行的时候，他的身影也经常出现在我的脑海，这样时间长了，我发现自己的心是紧绷的，一直被他的状态牵动，被担忧的阴影笼罩。

当时我向身边的朋友请教我当前的状态。一个朋友告诉我："有时我们会过度地为别人承担责任，但其实每个人的生命都是自己的，其他人能做的是有限的，要放下自以为全能的心态，我们只是影响他人的因素之一。"

接受了大家的指导，我一方面逐渐调整心态，让自己少卷入一些，日常保持良好的心态。另一方面继续学习心理学课程，我知道了心理评估的重要性，清楚地评估来访者的问题严重程度，才知道我们在哪些方面能帮到他，而不是一腔热血地扑上去，却发现自己能做的很少。

那个学员后来申请离开僧团，回家休养。我通过所学到的知识评估了他当时的状况，认为是较为严重的焦虑和抑郁状态，而我当下的水平较难帮到他。我也向上级做了汇报。他回家休养，接受了中医治疗并坚持禅修。听说他还参加了一些心理学工作坊，通过各种方式的综合调节，后来好了很多。

这时，我也开始思考助人过程中的边界感，以及自我耗竭的问题。这个问题我思考了很久，最终得到了多方面的答案。

在给一个朋友的邮件中，我写下这样一段话：

人的一生非常有限和短暂，我们只能承担有限的责任，因此要学会放下。既要发心，又要随缘，做好自己该做的、能做的事情，对其他的则心无挂碍。这样就不会有负担，能静享当下的充盈与自在。

我们与一个人谈话时，珍惜当下这一刻，尽量去理解他、关心他，加深彼此的善缘，通过这种缘分慢慢影响他。但不要求他马上变得怎样，也不用太过担心，因为我们已在当下做了最好的努力。没有其他方式能比这样更有效，更有益于我们自己，当然这也是最有益于对方的一种方式。当下这一刻，我已经用内心的善念庄严对待，让它变得美好，这就够了。期望和担忧都是未来，愧疚和遗憾都是过去，我们真正拥有的只有当下。

二〇一七年下半年，我在将传统文化与心理学结合方面做了很多尝试。同时，在母亲的建议下，我报名了国家心理咨询师考试，并进行了系统的学习和备考。二〇一八年，我顺利拿到国家三级心理咨询师证书。幸运地赶上了这趟末班车，那是最后一次国家认证的二、三级心理咨询师考试，之后二、三级心理咨询师考试就取消了，至今没有恢复。

二〇一八年，我参加了团体心理辅导师系列培训。心理咨询分为个体咨询和团体咨询，个体咨询是一对一解决来访者的心理问题，而团体咨询是营造多个来访者互动的氛围，在这个氛围中，大家相互支持，也像照镜子一样相互照见。咨询师通过团体互动，更易看到每个人的心理模式，帮助大家更好地成长。

团体心理辅导师的课程，让我走出生活了八年的僧团，开始接触红尘中的人群，开始了一段不一样的心灵探索之旅。

自心深处，探索之旅

第一次参加地面心理学课程时，有个学员买来橘子分给大家。她见我未动，便剥开橘子让我吃。过了几天，在活动结束的时候，我很直接地表达了对她的不喜欢。她露出吃惊的神色。后来在另一次培训的课堂上，一个学员大声发言，语气有些傲慢。我说："你的声音让我不舒服。"这次连老师都愣住了。

我并不是一直如此的。在学习心理学之前，我是一个有些拘谨的人，也不太敢于表达自己的诉求。而来到心理学团体工作坊的体验课堂，我感到自己进入了一个没有利益往来、不看面子、不讲客套话的特殊场域。大家萍水相逢，却开诚布公，只为探索和了解自己的内心。正是在这样的氛围下，我被允许真实地表达自己内在的声音。我在自我的表达中深入省思。我意识到，我不喜欢的不是某个人，而是一类人。强势的人总会让我感到被强迫、被命令、不自由。

这种排斥来自童年，来自教育。

我依旧记得小学时这样一个场景：快要上课了，我却只得焦急万分、翻箱倒柜地找红领巾。那时去学校必须戴红领巾，否则就要在校门口罚站。最终，我硬着头皮去了学校，我真希望执勤的同学能放过自己。果然由于没戴红领巾，我在门口罚站，看着全校的师生踏进校门。那时的我，如同一张纸片被贴在门口。敲了上课铃，我才被允许回到班级。我奔跑着上楼走进教室，那一刻迎接我的又是异样的眼光……

我很害怕老师的惩罚。记得有一次，学校组织春游，老师要求我们完全按指令行事，该喝水的时候喝水，该吃饭的时候吃饭，该玩的时候玩。但也有几个同学没有按老师的规定来，在春天的美景中放飞自我。

第二天上课，老师似乎有些生气："春游的时候，在规定的时间之外随便喝水的给我站起来！"

我缓缓地站起来，连同其他几个调皮的孩子。我抿着嘴，低头看着自己的红领巾。下午的阳光晒进来，照着锈得斑驳的风钩。

"柳智宇，你不是问过我能不能喝水吗？"

"我在问之前已经喝了一口，问了，后来就不喝了。"

"这个不算，坐下！其他同学，把课文抄三遍，明天检查。"

那时，老师们经常说我是"好学生"，而班级里有几个人是"差生"。但我也害怕自己被老师批评，害怕自己与"差生"同列。

有一次上课时，老师让大家说叠词，同学们踊跃发言。

"上上下下""前前后后"……

这时，有一个同学站起来说："疯疯打打，玩玩闹闹。"

老师说："你们这些差生就是疯疯打打，玩玩闹闹。"

我当时只觉得很好笑，还把这个故事讲给爷爷听。现在想来，那种充斥着评判和标签的氛围，给孩子们的心灵带来了多少伤害呀。

对权威的恐惧带来了不安全感，我害怕遗忘重要的事情，害怕失去他人的支持，在意外界的看法，不间断地自我要求，时常自我否定。

长久以来，当头脑中跳出一些想法或想起一些事情时，我必须立刻去做，如此才能心安。大四时，我更是养成了必须将所有事情尽快完成的习惯。我一件一件地做着，心想干完了才能休息。但事情其实是做不完的，新想法总会出现，不完美才是常态，于是，我永远休息不了。校注律典时，因为任务的工期总是很紧，这种情况就更加严重，我在一个又一个重担中竭尽心力，长期积压着疲惫与焦虑，无处释放……

时间一晃，到了二〇二〇年二月底，我开始佛系心理咨询项目已经一年多了，我也按照心理咨询行业的要求，自己开始接受心理咨询。在咨询师的帮助下，开始了一段难忘的探索之旅。

那时，我正备考托福，还有备课、讲课等工作，事情似乎永远做不完，又总是做得不甚满意。工作之余，我又觉得自己的修行被耽误了，不如别人，有许多的自我否定和怀疑。

第一次咨询，咨询师让我站在自身之外描述自己的状态，从焦虑情绪中脱身与自我对话。二月二十六日那天，我是这样描述自己的：

你今天早晨听了约三十分钟讲座录音，上午完成了大约两小时的英语学习，完成了佛法功课，还找老师做了咨询。下午找一个同学指导自己禅修，同时帮他做了一些心理疏导，回来后睡了一小会儿，晚上听了五十分钟讲座，一天很充实。虽然对这样的一天内心深处还是会有些不安、有些无力，但实际上这已经是很好的一天，可以打75分。

上述方法叫作"观察性自我"，或"以己为景"，意在从固有的认知角度和情绪中跳出来，更客观地看待自己。当我能站在情绪之外，客观描述自己时，我发现自己并没那么糟糕。

在后来的练习中，咨询师又让我想象一个理想的母亲，想象她会对我说些什么，会如何安抚我。在这样的画面下，我感到很多对自己的心疼。我从小一直很听话，但我也有不为人知的辛苦。

当童年往事开始奔流，思绪渐渐浮现，我回忆起一个让我不舒服的场景。小学时，我经常因粗心而做错数学题。有一次，我做了六道，都是比较简单的，我仔细检查了很多遍，当时是多么希望能够全都做对。那是一个阳光明媚的周末上午，我们要去奶奶家，母亲在旁边催我："快点，今天怎么做这么慢！""好的，我再检查一遍。"我又认真重算了一遍，希望这次真的能全对。但答案交给母亲检查时，却发现还是错了两道。我平时至多错一道的，今天检查了这么多遍，竟然还错了两道。我顿感挫败和无力，都不敢抬头去看母亲的脸。那个场景真是太让人难受了，虽然只是童年时的一个小故事，但我仍旧清晰地记得当时房间里的光线和布置，憋屈、懊恼、无力逐渐弥漫开来……

在那个场景里，有一个令我懊恼的自己和一个略显失望的母亲。一开始我抗拒去面对，只感到太难堪、太难受，只想离那个场景越远越好。我的心中一直竖着一堵墙，把那时的情绪连同我对母亲的依恋隔离开来。在咨询师的引导下，我轻轻地对当时的自己说："不要着急，不要在意别人的看法，做好你自己。"我去接触、去拥抱当时的自己，慢慢地，我不再那么羞愧了。"不要着急，不要在意别人的看法，做好你自己"，老师让我反复对自己说这几句话。这几句话也适用于现在的自己，可以允许自己无力，允许自己放松一会儿，我不用每件事情都做得那么好。我看到了自己内心的完美主义，也看到了自己要强、不愿输的劲头，可能正因如此，我在获得荣誉的同时，也饱受内心的煎熬。

我持续与自我对话，开始建立起内心的秩序，坦然了，不那么忙乱了，一个真实的声音越来越清晰。那时我做了一个重要决定：不再花过多时间准备托福考试。我知道有很多我真正感兴趣的事在等着我，而备考托福去香港或美国继续深造，不过是出于寻求外在认可的冲动。我需要与事情建立滋养性的关系，而非控制性的关系。认清这一切后，我松弛了不少。

我的助人情结

随着咨询的进行，我和咨询师一起探索过往生活经验在心中留下的痕迹，也发现一些重要的因素在影响着我的人际互动方式以及人生选择。这让我更了解自己，也为以后人生道路的选择起到了重要作用。

反思自己的人生，从学习数学，到出家，到学习心理学，这些选择本身没有问题。我的问题是有太强烈的助人情结，在每个阶段都把太多的精力花在了帮助他人上，而过度消耗了自己。这是真正值得反思的。最典型的是高中的时候，在高三竞赛之前，我花了很多时间试图改变数学组乃至整个班级的氛围，还将自己对一些题型的理解做了系统的梳理，在数学竞赛组做了约十次课的讲解，只可惜听者寥寥，而我自己却因为讲话过多，得了慢性咽炎，一直到大二才好起来。强烈的助人情结，影响了我的身体和心情。如果我当时没有那么执着于帮助大家，可能身体的情况会好很多，我也不会陷入连续两年半的抑郁和迷茫之中。

又如在北大，我花了太多时间组织社团活动。如果用这些时间让自己多听一些课，多做些禅修，对长远的人生帮助更大。出家时也一样，我太想要帮助身边的人，解决寺院的一些问题，结果把自己累坏了。离开寺院之后也存在同样的问题，我过于想为社会做出点什么，使自己无法停下来休养生息。社会上很多人认为我出家是被耽误了，这些议论我看似不在乎，其实却在推动我，给了我很大的压力，让我不能停下来。或许，正是因为过度强烈地希望帮助身边的人，乃至为了他们而牺牲自己，使我无法获得社会所认可的更高的成就。

咨询师让我觉察对他人的期待，因为这种期待也许并非对方想要的。他让我回想高中时的场景，当时内心的情绪和渴望是怎样的。我的脑海中出现我与高中同学在一起的画面，回忆起当时的情感萌动，表白，被拒绝。不仅是被曾经暗恋的女孩拒绝，我的热心付出也曾被其他同学拒绝。在回忆中，我想到那些我曾经最爱的同学们奋斗中的艰辛，以及竞赛失利的难过，滴滴泪珠在我的面颊上流淌。我轻轻地说："我希望你们好起来……"咨询师让我重复这句话，体会其中的滋味。"我希望你们好起来……我希望你们好起来……"。

咨询师问我："你现在感觉怎样？想到些什么？"

我说："虽然当时他们在竞赛中没有考好，但他们现在都很好，也并没有我想象的那么脆弱。"

咨询师说："那么，我很好奇，你为什么希望他们好起来？如果他们好起来，又会发生什么？"

我说："我希望……你们能关心我，我希望和你们在一起……"

咨询师说："你把这几句话再重复几遍。希望你好起来，我希望你能关心我，我希望和你在一起……"

我重复这几句话，眼角流出更多的泪水。我体会到这三句话是彼此关联的。我希望"你"好起来，是因为我希望"你"能关心我，希望能和"你"在一起。助人者情结的背后，其实是自己需要被关心。而"你"似乎是脆弱的，只有帮助"你"变好，才能得到"你"的关心和陪伴。

由此我又联想到自己的母亲。母亲给我的印象，有时是脆弱的。她有非常温柔、关爱我的一面，但她的身体也不太好，会让我为她担心。我还记得小学一年级的时候，有一次她得了阑尾炎。原本中午我们一家还其乐融融地在一个西餐厅吃饭。那时国内还没有肯德基、麦当劳，西餐厅也很少。餐厅里光线明亮，当时的菜有土豆泥、沙拉等，都是平时很少吃到的，一切是那么新奇和美好。我也仿佛沐浴着母亲的爱，非常自在、喜悦。但到了晚上，她肚子开始疼痛，显出非常难受的样子。我很着急，一遍又一遍地问："妈妈，你没事吧？你没事吧……"而妈妈只是痛苦地躺在床上。第二天，她就去了医院，做了手术。我好几天见不到她，只能和爸爸在一起。我又会反复地问爸爸："妈妈没事吧？妈妈会不会死……"

童年中还有一些类似的记忆，我总是害怕一旦离开父母就再也见不到他们，害怕他们会出车祸，会被坏人抓走。而我在一个人独处的时候，也会有浓厚的恐惧感袭来。我怕黑，看到阳台上晾着的衣服，总觉得那仿佛是一个人影。我害怕夜里小偷从窗台进入房间……

这种恐惧感直到高二才彻底消除，因为我通过自我成长，获得了更强的现实感，不再恐惧那些想象中的场景，而转向在现实的人际关系中获得爱和联结。这可以说是一个重大的进步，但同时也带来了新的问题。

我在当时创作的长诗《九忆》中写道："再拜归去不复返，长空浩渺吾已还。叠嶂西撤泉入海，天狗北败月复盘。""天狗"是我想象中的恐惧，它并不存在，战胜天狗，也就是战胜心中的恐惧，从神话与巫术的幻想中回到现实的世界。而"月复盘"隐喻看到内心本自具足的光辉，看到每个生命的圆满与珍贵。"叠嶂西撤泉入海"，意味着回归自己的真心，克服重重阻碍，勇敢地追寻，与他人联结。《九忆》是一座自我成长的里程碑，而那个寒假是我生命能量的高峰，当时发生了许多事，我开始坚持吃素食，通过种种方式试图帮助他人，这都是内心爱的见证。但，这种成长是不完全的，是有缺陷的。我虽然渴望爱，也追寻着爱，但并不知道如何去爱。为了爱，我宁愿自己受苦；为了爱，我也在不断地反思、成长。

在我的成长中曾留下许多的缺憾，父亲、母亲、老师、同学，他们未曾填满过我精神的容器。灵魂的不安、心灵的焦渴，让我渴望爱与被爱，希冀人与人之间真诚地对话。我希望找寻生命最深处的意义，希望在一个真诚、友爱的团体中持续成长。上山之后，有一段时间我是与大众隔离的，而我希望回到人群中，于是选择了心理学，踏上自助、助人之旅。在心理咨询中，我看到了来时的路，也看到了未来的方向。追寻爱的道路是没有错的，也不必后悔，重要的是学会自爱，让自己的内心先充盈起来。

所有的过往被穿在一起，在咨询中被看到，被理解，被疗愈……最后，我用理想中母亲的形象给自己温柔的安抚；我看到了自己最初的渴望，看到了一路走来的缘由，也看到坚持前行的动力。

在结束这段咨询不久，二○二一年的春节，我写下这样一首小诗：

守护

天，守护着地

地，守护着山

山，守护着水

水，守护着人们

大自然守护着我

而我的心守护远方的你

凝望，静候，陪伴

等待你在一个明媚的春日里归来

学习后现代心理学

二〇一八年十一月，我在曾海波和史占彪两位老师的引导下，到杭州参加中科院组织的"合作对话"课程，由此开始后现代心理学的学习之路。

最初，我总觉得有些莫名其妙，也有一些疑虑：似乎咨询师只是问了来访者一些问题，来访者不知怎么就自己想明白了，这个领悟的过程是如何发生的呢？

这涉及后现代心理咨询起效的原理问题。自从我接受了一次史占彪老师的督导，对这个问题也有了一些新的思考。

每个人都是独特的个体，我们无法代替他人面对与解决问题。实际上，作为自我生活的亲历者，每个人对自己遇到的问题都有认识，也有办法，掌握的信息和资源远比咨询师多。如果把这些信息和资源整合起来，来访者就可以自己找到解决之道。但思想有时会凝固，落入陈旧的循环，人因此被卡住，或缺少一些条件去有效地思考。

后现代心理学认为，来访者是自己生命的专家，而咨询师是关系的专家。咨询师的专业性，体现在营造一种疗愈性关系。在合作、接纳、包容、启发的氛围中敲碎阻碍，让来访者的思维流动起来，智慧慢慢生长，最终从原本僵化的认知中解放，以全新的视角探索自己的生命。当来访者开始对自己的生命做有意义的探索，问题就已在解决之中。

这种观念其实与中国传统文化遥相呼应。中国传统文化认为，每个人的内心中都有一座宝藏。如果相信，我们便会尊重他的想法、他的感受，和他一起探寻深埋心底的宝藏。

史占彪老师为我做督导时，我的思维被充分调动起来，很认真地从多个角度思考我所遇到的问题。在此之前，我多少知道问题的答案，但这种"知道"是零碎的、模糊的。在史占彪老师的提问中，我才把这些信息重新组合起来，生成新的理解。因为这些新的理解是自己思考得到的，我心中非常踏实，充满希望、信心和力量。我想，如果有人直接告诉我答案，哪怕我觉得有道理，我也不会有这种感觉。

如同陪伴种子发芽，我感到自己思想的种子在不断生长，非常活跃，尽情吸收着土壤中的养分。这种生长，平凡而自然。每一刻，你去看它，似乎都没有什么变化。但过一会儿回看，却惊喜地发现，变化已然发生。种子和土壤原本就在，种子是来访者自己的想法和办法，土壤是外在的资源。种子太小，埋在地下，所以看不见。来访者需要的，只是一点温度、一缕阳光，让他看见自己，让他向上生长。

这一过程中，咨询师的能力很重要。需基于对心理、人性的理解，在谈话内容中找到行进的线索，进行提问。有一次，我问了来访者很多问题，把对方问蒙了，不知如何回答。我问史占彪老师，这是不是合作对话的效果？史占彪老师回答道："提问是借助信任和好奇的态度，引发对方思考，不是等着对方给一个答案！陪伴对方去探索内心深处的体验和感受，慢慢地，过程中就有了想法，就有了方法，就有了'答案'……"

我意识到自己确实太着急了，太注重结果了，仿佛要通过一连串的问题，把来访者的领悟"逼"出来，而忽略了过程的重要性、咨访关系的重要性。咨询师应是一面温暖的镜子，让来访者看见他自己。镜子有时会伤人，会让人自卑，咨询师这面镜子则要帮助来访者看到内在的光明。这一点，不仅是通过语言的重塑、角度的转换完成的，更是通过与来访者建立良好的关系完成的。

我想到一句话："大学之道，在明明德，在亲民，在止于至善。""明德"，即每个人内在的光明。"明明德"的同时也要"亲民"，不能像开矿一样强行挖掘对方的"光明面"，那是非常简单、粗暴的态度。我们要与来访者的忧伤为伴，知道光明与黑暗本是一体两面，可以相互转化。正如合作对话的创始人贺琳·安德森说的，"陪来访者散步"。在散步中，行走的方向是两个人共同的意愿，这才叫"合作"，"合作"本身即蕴含了对关系的高度重视。只有建立高质量的关系，才有高质量的合作。

后现代心理学，是一个大的理论方向，包含合作对话、焦点解决、叙事治疗、反思团队等四个主要流派。最初我学习的，是合作对话。我在杭州参加了合作对话创始人——贺琳·安德森老师的两天工作坊，有幸聆听贺琳老师亲自对话示范。合作对话非常灵活，充满魅力，重视以谦虚、倾听的态度共创对话空间，重塑理解与自我，没有太多技术门槛。

合作对话的工作坊结束之后，我又赶赴嘉兴，参加了焦点解决的一次行业峰会，在年会上认识了许多学习焦点解决的咨询师朋友们。焦点解决，指聚焦于事物的光明面，"办法总比问题多"。一般人容易看到事情负面的部分，并沉浸其中。但其实看到资源，更加有助于问题的解决。每个人都有许多资源，包括自己的能力、特长、曾经做出的努力，也包括他人的支持。如果能将资源的部分不断扩大，就有可能找到问题的解决之道。这次行业峰会给出了非常具体的咨询思路，以及一套简单易学的问句。

焦点解决中有一个经典问句："假设我们的咨询进展顺利，你希望在咨询结束时与现在的情况有哪些不同？"这一问句看似简单，实则蕴含"以终为始"的深刻哲思。很多时候，我们自囚心灵，却忘了看向更远的未来。当理想图景被尽情勾勒，人便具备力量，向前迈进。焦点解决也注重发现受访者身上的细微改变，哪怕是一件微不足道的小事，咨询师也会抓住："这件事做得不错，你是怎么做到的？"哪怕事情只是保持原状，咨询师也会问："你做了什么，使事情没有变得更糟？"从点滴细节中发现光明面，并将之扩大或保持不变，当事人会从内心深处看到希望和力量。

二〇一八年底，我又在北京参加了一个叙事工作坊，也有很多的收获。叙事疗法与焦点解决有些类似。叙事疗法认为，人是被自己讲述的故事定义的，而故事的描述，是可以被剪裁的。通过启发当事人重塑自己的生命故事，串联积极的故事线，就会发现生命中的珍贵与美好，重建积极的自我认同。

古诗云："横看成岭侧成峰，远近高低各不同。不识庐山真面目，只缘身在此山中。"联想到后现代心理学的理念，我将此诗修改如下："横看成岭侧成峰，远近高低各不同。只缘无有真面目，游人千载入山中。"庐山有所谓真面目吗？不在庐山之中，便能看到庐山的真面目吗？

如果，我们在庐山之外遥看庐山，确实能看到庐山的一种面目，但这一面目何以见得比山内人看到的风景更真实？在山外遥看，从不同的角度看到的庐山也不同。到底哪一个才是真面目？况且在这一角度下看到的，不过是庐山的外在轮廓，缺失很多细节。反过来看，如果庐山确有所谓"真面目"，那么大家看看这个"真面目"就够了，何必再走进庐山呢？既然你已经知道了，你已经有预设了，就不必去和庐山做真实的互动了。千百年来，之所以有许多人到庐山旅游，正是因为庐山是常变常新的，在每个地方看到的面目都不同，今天的和昨天的也不同，因此庐山才有无尽的风采和魅力。

后现代心理咨询，也是如此。一种理论体系，不过是一种理解人的角度，而非真相和本质。咨询师和来访者，到底谁是更了解真相的那一个？似乎都是，又似乎都不是。

举个例子，老师和家长批评学生很笨，这是他们采取的一种建构意义的方式，或为了鼓励学生笨鸟先飞，或为了对学生资质做出区分，或只是为了宣泄情绪。对老师而言，这一建构是有意义的，却会给学生贴上标签。当学生将这一标签内化，用"笨"定义了自己，他便可能放弃学习与努力。这种阴影或将伴随一生，将一个人塑造成胆怯的、畏缩的、自我否定的模样，认为自己不值得过上更幸福的生活。

要解决这种心理问题，我们需要重新建构他的语言体系，将那套带有评判色彩的标签撕除，发展出自己看待世界、感知世界的角度和语言。我们要让他明白，老师和家长的那套语言体系只是一个阶段的产物，并不代表客观事实。现在，你已经长大了。刚出生的婴儿，主客分化并未完成，置身于一片混沌中，并不知道有一个"我"。约八个月大时，他开始逐步区分自我与世界。面对母亲的乳房，婴儿起初以为：我一哭，母亲就来了。后来他发现，即便自己哭得很大声，母亲有时也不来。基于类似的现象，婴儿意识到自己的手臂、自己的腿、自己的嘴巴，可以被自己的意愿控制，而另外一些东西则不能。这便是"自我"概念建立的开始。建立"自我"的概念后，婴儿开始更好地融入周遭环境。人类社会在历史上的发展过程，也是一样。原始人并没有复杂的语言体系，只是通过简单符号组织整个社会的运作，在此基础之上，各种各样的语言和概念才慢慢发展出来。

随着人类社会的进一步发展，人们往往把各种各样的语言和概念创造出来，作为更好生活的工具，当作固定不变的存在（刻板印象）。这些固化的认知促使人们产生了种种心理问题。正如维特根斯坦所说，"一切哲学问题都来自语言的误用"。

当我们意识到，"我"的概念来自社会建构，就可以反思这个建构过程是否合理，对自我的认识是否合理，如此也能避免很多心理问题的产生。

我的愿景

二〇一八年下山，进入心理咨询行业之初，我便问自己：我能为心理咨询行业做些什么？这个行业最需要的是什么？我也曾拜访许多老师，与他们讨论心理行业的发展状况。

经过一段时间的探索，我明确了两个方向。

一是心理学与传统文化的结合，让两者对话、会通，共同解决现代人的心理问题。传统文化与心理学有相似的内容，且又互相补充，可以共同构建出看待人心的全面视角；传统文化中的道理，借助心理学阐释出来，可以为当代人的心理健康提供宝贵资源。

什么是我们传统文化的核心和主流？提到"传统文化"，很多人想到唐诗宋词、四大发明，乃至景德镇瓷器、南北美食。其实，传统文化可追溯到儒释道三家，而这三家重视的是生命的成长，追寻更高、更圆满的生命境界。

而西方文明更注重的，是对外在的探索，或是对外在神的崇拜。西方的宗教，不会认为人能够成为神，人一直是上帝的奴仆或者臣民。但是中国文化是不一样的。不管是儒家、佛教还是道家，都强调我们可以成圣成贤，成仙成佛，追寻我们生命内在的成长和升华。

这有点类似于西方的积极心理学，侧重培养人内心积极的心态，将光明面扩而广之，但境界和目标要更加高远。

如果说西方心理学侧重于解决现实生活中的心理问题，提供很多有效的技术，儒释道三家则提供了一个人格的理想，以及生命终极问题的答案。两者并行不悖，相辅相成。

二是针对新手咨询师的实操课程体系。有心理问题的人很多，心理人才的培养极为重要。我国的心理咨询行业不缺理论学习资源，也不乏体验式工作坊，但实操和练习的机会较少，导致大家上了许多课，也拿了证，但不知道怎么做咨询。研发一套容易上手的实操课程，是当前大家需要的。

当时我参加了许多心理学的工作坊，也见到过许多学习心理学的人。有的人在各种工作坊之间奔走，花费的钱不下十几万，却依旧不会做咨询。

在自己学习的同时，我一直在思考不同疗法对广泛心理问题的适用性，及学习的难度。心理疗法很多，其中有不少门槛较高，我一直想超越各种疗法的局限，在它们的交叉点上探索出最精华、最适用、最易普及的部分。只有这样，才能更有效地培养心理服务工作者。慢慢地，后现代心理学成为我主要研究和发展的方向。

心理咨询有四大主要流派，分别是精神分析、行为主义、人本主义、后现代主义，其中又分为许多小的流派。精神分析是最早的心理咨询流派，它的理论丰富而深刻，最能探究人性的幽暗之处，但学习掌握较为困难，需要花很长的时间。行为主义，及后期发展出的认知行为疗法，是最接近科学实证的方法，通过较为流程化的方式梳理当事人的认知，并学习有效的行为方式，来解决心理问题；不足之处是有时较为刻板，不够灵活。人本主义，我在前面几节中做过介绍，注重咨询师与来访者建立滋养性的关系，能让来访者感受到更多的温暖，但对初学者来说，有时缺乏抓手。后现代心理学，则既有深刻的哲学理论，也有一些简单好学的技术作为入手处，它强调来访者是自己生命的专家，与中国传统文化中的"性善论""佛性论"有很高的吻合度。

二〇一九年底，我研发的心理咨询初阶实操课上线，这套课程以后现代心理学的思路为基础，并结合人本主义、认知行为等多种疗法中较为简单实用的部分。我邀请了许多经验丰富的咨询师作为指导老师，带动1对6精品小班，手把手指导学员练习，让每个学员能开口，学得会，在练习中不断进步。此外，收集、整合各个流派中比较简单、好用的咨询技术，掰开揉碎，让大家有练习的抓手，每一步都不觉得太难。四年来，这套课程平均每年开设两期，持续迭代升级。在我们的学员中，有希望专业从事心理咨询工作的人，由心理学小白走上了咨询师之路；也有人为学习沟通技巧、改善亲子关系而来，随着课程的推进，学员的生活有了很大的改变；还有一些从事销售、旅游等相关行业的人，在我们的课程中找到了改善沟通方式、提高工作质量的方法。

曾经在寺院时，我的两个人生理想是：开创新的学术思潮，将生命成长融入当今各个学科之中；培养人才，培养一批优秀的传统文化弘扬者。后来学习心理学，我就希望用心理学与传统文化结合，改善社会心态，让更多的人享有心理健康。我的理想有调整，但也是一以贯之的。

二〇二二年，我还俗后，加入中国老牌心理公司——华夏心理。在第一次团建活动中，我提出了一个十年的目标：希望通过我们的服务，让一亿人更了解传统文化及心理学；让一千万人提高生命的品质，并影响五百万个家庭；培养十万个心理及传统文化人才。在传统文化与心理学融合的框架下，我的课程体系目前涉及三个方面：普及课程，传统文化及心理学的普及，将二者融会贯通，让大众了解和接受；修心课程，将传统文化与心理学的智慧应用于学员自身的生命成长，提升心灵的品质；人才培养课程，培养有传统文化底蕴的心理咨询师及讲师、社工等。未来我们也希望能打造出更多类型的优质内容和产品，更广泛地满足受众需求。

随着身份的转变、事业的发展，站在联合创始人的位置上，我需要考虑更多现实的部分。这意味着，在曾经只追求更好地惠利众生的基础上，我还需要肩负起团队存活与壮大的责任。作为诸多项目的发起人，我爱远方的众生，所以我希望我做的事情，能切实利于众生；与此同时，我也爱我身边的伙伴，所以希望所做之事能切实地利于伙伴。毕竟，要爱全人类，就要从爱身边的人开始。

另外，我也意识到，事情能做多大，外在呈现的面貌，不仅取决于我和团队的成长，也取决于机缘。有些事是可遇而不可求的。如果执着于一个目标，那可能会把自己搞得很累。

如今，我慢慢找到一种状态，用愿景和目标来召唤自己，激发力量，但不把目标变成一种拖累我的包袱。思想的创新、人才的培养、文化的普及、大众生命品质的提升，这些是我孜孜不倦努力的方向。但我不会执着于一定要做多大的事情、帮助到多少人、让多少人知道我——这些都是好大喜功的想法，会成为一种包袱。我们只要知道一个明确方向，把握好每个当下，努力前行就可以了。

前路漫漫，道阻且长，但就像我高中时曾发下的为利众生济沧海的大愿，这条利他与探索真理的道路，我会坚持不懈地走下去。

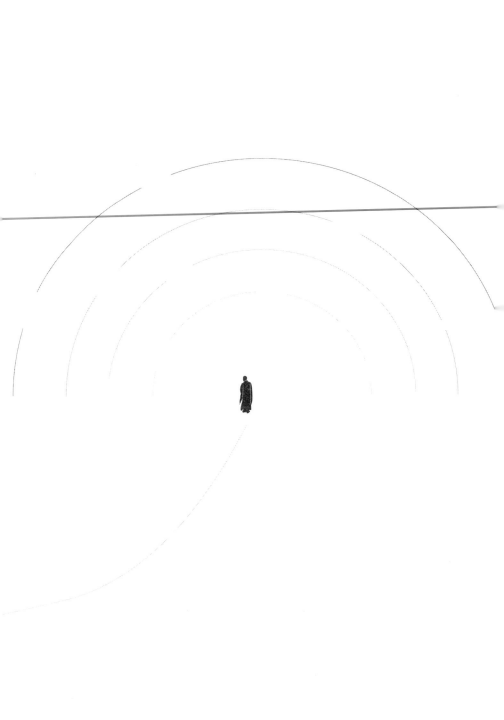

第六部分

穿越时光的智慧

求学之路，庄子同行

在求学之路上陪伴我一路前行的，有一位古代的智者，他就是庄子。

读《庄子》的因缘，来自我的母亲。初二时，她给我买了一套蔡志忠的漫画，一开始我读《禅说》，读六祖大师的故事，非常感兴趣。后来读《老子说》《庄子说》，更加爱不释手。读完漫画，我觉得不够，又去阅读原文，当然，那时只能读懂白话文的翻译。就这样，我把诸子百家的著作看了不少。初三那年，我每天中午都会抽十分钟左右的时间阅读这些典籍，我读完了《墨子》《孟子》《韩非子》。《墨子》中的"兼爱"思想我很喜欢，不过最让我心动的还是《庄子》中描绘的生命境界。

《庄子》在开篇就描绘了鲲化为鹏的故事。"北冥有鱼，其名为鲲。鲲之大，不知其几千里也。化而为鸟，其名为鹏。鹏之背，不知其几千里也。怒而飞，其翼若垂天之云。是鸟也，海运则将徙于南冥。南冥者，天池也。"北海有一种大鱼，它的身体有几千里长，名为鲲。它会变成一种大鹏鸟，翅膀有几千里宽，奋起飞行时翅膀如天边的云。这种鸟顺着飓风盘旋飞上九万里的高空，从北地飞到南海。地上的小鸟，却非常不理解它的这种生活方式，说："飞这么高有什么用，我能在草丛之间飞翔不也很好吗？"其实"鲲"的本意是鱼崽，庄子在这里可能想告诉我们，正是因为它跳出了设定好的局限，飞向那陌生而神秘的天空，才看到生命更广阔的风景。而南海，也象征着光明与自由。

"至人无己，神人无功，圣人无名"，这是修行者的三重境界。"无己"，是指人消融了物与我的对立、对自我的执着，与天地精神相往来。"无功"，是不刻意为之，自然而然，无为而为，如春风一般，随万物自然生长。"无名"，不仅是淡泊名利，更是不为世俗观念所累。"名"就是世俗的种种概念、标准、评判，它们是在社会发展中不断被建构起来的，对我们的日常生活有一定帮助。但如果执着于这些概念和标准，就会对我们的生命造成束缚。鲲化为鹏，跳出生命的局限——最主要的便是世俗观念的局限，是人类因有限认知带来的执着，如此才能回归生命本身，获得真正的自由。

庄子自己的人生，也是如此坦荡与自由的。他是河南商丘人，博学多闻，厉害到连楚王都希望请他出山当宰相。楚王的使者来到时，庄子正在钓鱼，他头也不回，直接拒绝了。他问楚王的使者："楚国有一只神龟，已经死了三千年了，被放在庙堂里供奉。但是这只龟，它是宁愿在庙堂里受人供奉，还是愿意自由地在泥巴里打滚呢？"使者回答道："宁愿在泥巴里面打滚。"庄子说："既然如此，我也只愿意像这只龟一样，自由地打滚。"

庄子关注生命本身，提倡养生、顺应自然，这在诸侯割据的时代显得格格不入。他的朋友惠子有一次调侃他："我有一棵大树，歪歪曲曲没个正形，木匠路过都不理它。你的学说不也跟这棵树一样，没有任何用处吗？"庄子答道："你有这样一棵树，为什么不把它种在旷野里，而你悠然地在树下散步、修习呢？多么自在、洒脱。'有用'只是世俗的标准和评判罢了。那些用来做船、门柱、棺材的木头，正因为有用，才遭遇了人类的刀劈斧砍。而所谓'无用'，也就是不会被人当材料来使用，反而保护了这棵树。"

读到这里，我意识到自己一直活在他人的评判之中，追求所谓"有用"，追求老师的表扬、他人的认可，而不敢真正活出自己。

记得小学的时候，我是三好学生，后来又当了班长、大队委，学习成绩越来越好，可是得到这些又如何呢？我渴望表扬，害怕批评，但老师的表扬、同学的羡慕也只能带来片刻的愉快。每次拿到那些烫金的荣誉证书、各种各样的奖品，我都会让自己沉浸其中，以远离内心的不安。

我又读到《庄子·齐物论》中的一段话：

其发若机栝，其司是非之谓也；其留如诅盟，其守胜之谓也；其杀若秋冬，以言其日消也；其溺之所为之，不可使复之也；其厌也如缄，以言其老洫也；近死之心，莫使复阳也。喜怒哀乐，虑叹变慹，姚佚启态。乐出虚，蒸成菌。日夜相代乎前，而莫知其所萌。已乎，已乎！且暮得此，其所由以生乎！

庄子看到凡夫俗子的碌碌与周旋。在这个状态下，人的生命力如秋冬的草木般逐渐消亡，本真一点一点流失，人未死，但心已死。人生在世，各种各样的情绪，各种各样的事物形态不断出现，我们在时光中奔驰，精疲力竭又昏昏昧昧。我们内心真正在乎什么？卷入滚滚红尘并不断竞争的生命状态，是我们想要的吗？

读了这段之后，我开始反思自己生命的过往。多少个日夜，都是浑浑噩噩地度过，沐浴在亲情的暖阳下，我的心却依旧迷茫。好不容易盼到周末，爷爷、奶奶、叔叔陪我打了一下午牌，吃过奶奶煮好的玉米，日暮独自坐在一间小屋里，当心静下来的时候，莫名的空虚感却阵阵袭来，一下午又这样过去了，多少个周末就这样过去了，在我的生命中又留下了些什么呢？赢了留下些什么？输了又留下些什么？在输赢之间周旋，沉醉于悬在两者之间的快感。而明天我又要上学了，又要面临他人的眼光与评判。"没意思，没意思！"我喊起来。客厅里，父母和叔叔在看报、聊天，等着吃饭，这时他们也不陪我玩，只是笑着看看我。奶奶在煮菜的间隙从厨房出来休息一会儿，她笑着问我："那什么有意思啊？"我答不上来。

那真是一种心灵的洗礼，从前的一切，争强好胜也罢，追求表扬也罢，贪玩游戏也罢，都如梦幻，我一时间如醍醐灌顶，如大梦方醒。原来隐隐约约地去追寻，却并不知其所以，现在这个心灵成长的内涵，完全显现了出来。从此，我的人生目标不再只是社会意义上的"成功数学家"，时时萦绕在我心头的是生命的大自由、大智慧，而数学是体悟大道的一种方式。学习数学，是想超拔于平庸凡俗的生活和思想，而《庄子》又为我勾勒出一幅丰富、自由的生命蓝图，打开了一个心灵提升的广阔世界。

《庄子》有一篇《大宗师》，所谓"大宗师"并不是某个人，而是以道为师，以自然为师。"吾师乎！吾师乎！齑万物而不为义，泽及万世而不为仁，长于上古而不为老，覆载天地、刻雕众形而不为巧。""道"是宇宙的终极真理。大道调和万物，泽及万世，容纳天地，生成各种形态的事物，而这一切却是自然而然，毫不刻意的。而数学与自然科学中的定理、公式，也是在帮助我们理解宇宙，通向终极的真理。庄子的话，让我在学习时多了一份虔敬之心。

初三时，我最主要的任务，是参加数学、物理、化学和计算机的竞赛，在这些竞赛中得一等奖，从而可以被保送上高中。我尽情地在数学和传统文化的世界里遨游。传统文化丰富的思想，熏陶了我的思维和洞察能力，对学习数学有所启发，也使我更加敏锐和专注。

我的天资，并不能算特别高。数学中有一些理论非常艰涩，也曾给我带来许多挫败感。有一本关于数论的书，题目很难，思路较为特别，所以第一遍看完，我只能吸收百分之十左右。于是我猛下功夫，看了很多遍，不断总结，最后把所有的解法背下来了。虽然在刘嘉老师的熏陶下，我习惯于运用直觉和洞察力看待问题，但是每次接触新的领域，却依然会发现，我必须付出非常大的努力，只有反复地做题操练，乃至于记忆某些解法之后，才能将这些内容融化于心，形成自己的洞察力。这对我来说，一开始还是比较困难的。然而，读完《庄子》后，我对数学有一种虔诚和敬畏，让我能忍耐挫败和失落，因为我相信即便是一道简单的题目，背后也有深刻的自然规律，通向那最高的"道"。即便一个晚上，一道题也没做出来，我也不会放弃，只是不断地体悟那些解法与思想，仿佛这是一趟心灵的朝圣之旅。

《庄子》让我看到自己内心的烦恼、束缚与混杂，让我有力量去追寻自由与平静，与恶习展开坚决的斗争。初中时，同学们考试常会递纸条，对答案，我随着大家这样做，习惯了也不觉得有什么严重的。读《庄子》不久，我就发愿永远改掉这个恶习。此外，我当时最严重的恶习是爱玩电脑游戏。开始读《庄子》之后的那个暑假，我发愿戒掉电脑游戏，这一点也做到了，整个高中几乎都没有玩。

但另一个问题接踵而至，我戒掉了游戏，希望将全部精力投入到数、理、化的学习之中。但随着步入青春期，我的心开始躁动，对异性产生了懵懂的好感。对青春期的孩子来说，能不受游戏与欲望的影响，并全身心专注学习，是很不容易的。

初二的暑假，有一段时间我和父母住在长江边，父母安排我自学一些高中的数理化课程，这对我来说也有一定的难度。

我在做题时，常常分神，虽能做下去，但心常处在焦灼之中。我把自己关在房间里，没有任何其他的娱乐，父母要我去看电视，我没有太大的兴趣，也不愿降低对自己的要求，依旧埋头做题。我在休息的时候会去看一看太阳，太阳以永恒而灼热的光辉普照着大地。在我心中，自然界的一切都是道的化身，静观天地万物，我获得了很多启发。

傍晚时分，太阳并不那么灼热了，缓缓地下沉，隐没到群山的背后。我向上攀登着台阶，想多看几眼夕阳的笑脸，我感到一种无言的大爱透过那柔和的金光洒在我的心田。那光照耀着我，照耀着无数的古人，也将照耀未来的人们。夕阳西下，眼前是滚滚的江水，这江水从多少人的眼前流过，打着旋，奔腾向远方。在这广阔的天地之中，我是谁呢？夕阳、江水、夜空、群星，道在其中。我是微尘，浮游于天地；是落叶，漂旋于碧波。忘掉自己，融于天地大化，静观万物，又何烦恼之有呢？

我常常闭上眼睛，吟诵《老子》或《庄子》中的语句，又常观想着那些触动我心灵的图景入眠。当欲望袭来时，我就会回忆刚刚去世的外公的葬礼，以及墓地上那缭绕的青烟、葱郁的草木，心也随之沉静下来。克服游戏瘾，我用了一个暑假；收敛青春期的躁动，我用了半年左右的时间。升入高中后，我见到异性，会用一种欣赏和友善的心态来相处，虽然也希望与她们接近，但性方面的冲动基本止息。

越努力，我越能感到内心的喜悦，那是一种不受外在干扰的清净与自由，也是经训练而达成的自律。

　　《庄子·德充符》中讲述了许多残疾人的故事，这让我学会了接纳与包容。

　　有一人叫叔山无趾，他因为违反了诸侯的刑法，被砍断了脚趾。他去找孔子求学，但是孔子却认为他已经没救了，一个因犯罪而致残的人无论做什么都没办法弥补了。叔山无趾说："你在意的是我的脚趾，但我在意的是自己的心，心比脚趾更加珍贵。我虽然犯了错误，但这天空依然无条件地覆盖着我，大地也依旧全然地承载着我，我想每个人都是被天地接纳的，难道我不能走出自己的道路吗？"

　　这个故事一直支持着我。生命中总有许多的不圆满，接纳自己并非一味地逆来顺受，而是乐观从容、坦然面对，在逆境中看到自己生命的珍贵。静观天地，天无不覆，地无不载，天地如此开阔，无时无刻不在包容着一切。而对错、成败是如此渺小。既得容于天地，又何妨乎人言？

　　《庄子·齐物论》中说："天地与我并生，而万物与我为一。"在道中，万物都是平等的，又何必互相羡慕，争相倾轧呢？每个人都有自己的心灵。守卫一颗至真至纯之心，即使你一无所有，也是拥有了整个世界。

　　树木的生长、花朵的绽放，诉说着自然的神奇、生命的绚烂。而数字和图形不也是一片片树叶、一朵朵花吗？我感到自己置身于天地之间，却又与天地万物并无分隔。顺应自然之大化，没有所谓"我"，因而也就无须紧张，无须为得失担心。所有的考试，也是宇宙呈现给我的奥义与庄严，我只需试着去见证，去领悟。

庄子给我带来内心的自在、从容，让我在比赛时也往往能高水平发挥。

在本书写作期间，我将对《庄子》的感悟制作成了一套约六十讲的录播课，希望给大家带来一些启示。

儒家，让教育回归生命

儒家与道家，互为表里。儒家积极入世，奋发有为；道家自然无为，返璞归真，但二者有一个共同点，那就是对生命本身的尊重与回归。

中学时，我并不太理解儒家，觉得儒家思想不过是一些繁琐的教条和生活常识。直到在北大听了许多哲学课程，又参加社团晨读，我才慢慢体会到了儒家思想的价值。

儒家给我的第一个启示，是唤醒了心中的理想。犹记得在北大校园里与同学们读诵《大学》，当时读到这一段"物格而后知至，知至而后意诚，意诚而后心正，心正而后身修，身修而后家齐，家齐而后国治，国治而后天下平"，顿生一种很强的信心，由自身的修为入手，最终可以建设一个美好的世界。那时，大同世界的理想，每每萦绕在我心头，如此真切。我看到身边的人仿佛都将抛开眼前的烦恼与痛苦，共同进入这样一个理想的世界。而我每一点微小的努力，都是在为这个未来的理想添砖加瓦。

由格物到平天下，有八个步骤，井然有序。所谓"致知"

就是获得关于生命的知识，而"格物"就是学习的过程。儒家的学问是围绕生命展开的，所有的知识，实际上都是关乎生命的，最终都要回归到我们人生的幸福以及生命的成长中来。"诚意"，也就是真实地面对自己、了解自己。而"正心"是培养积极的心态和良好的情绪状态。由觉察和面对自心，我们能逐步调整心态，获得健康完善的人格，这也就是"修身"。由自身的修养和成长入手，便能处理好周边的人际关系，这就是"齐家"。齐家，在古代，是指处理好自己家族中的关系。在现代，也可以是处理好一个企业或者一个团体中的关系。从家庭和集体开始，建设良好的社会氛围，而后迈向"天下大同"的理想。

不过，我也注意到，《大学》中的理想，似乎很难完全实现。从"格物"到"齐家"是靠自己的努力可以实现的，而"治国""平天下"却有赖于许多外在的机缘。因此，对普通人来说，重点还是自身的学问和修为。

孔子究其一生，周游列国，却没有一个国家——一位君主愿意全力支持他实现理想。有一次孔子问大家："我们坚持理想没有变心，却一直如此落魄，是为什么？"子路说："是因为我们的仁德不够吗？是因为我们的智慧不够吗？"颜回却说："夫子之道至大，故天下莫能容……夫道之不修也，是吾丑也。夫道既已大修而不用，是有国者之丑也。"孔子的德行没有问题，但他却无法得到国君的重用。哪怕贤明如孔子，没有遇到合适的机缘，也未必能为时代带来多少改变。受他恩泽者，在当时不过三千弟子门人而已，然而，孔子的学说却给后世带来了莫大的影响。

　　这也引发了我对孔子人格的好奇。他是一个怎样的人？德行高尚，学问渊博，终其一生为天下苍生奔波却不得重用，被人形容为"累累若丧家之狗"。然而他内心却始终平和、坦荡，常是喜悦的，即使被围困于陈蔡，断粮之际仍然能与弟子抚琴而歌。他虽一直在为远大的理想而努力，却不纠结于最终的结果，而是在当下的生活中怡然自得。反观当下很多年轻人，带着一腔热血、美好的理想步入社会，却不断被现实打击，最后灰心丧气，乃至放弃理想。而我自己，又何尝不是如此？从孔子的言行中，我体会到，理想之所以重要，正因为它为人提供了一种新的可能性，甚至是世上本来没有的可能性。它激发了我们生命的活力，让我们超越当前的得失和琐事，更着眼于未来，看到更宽广的格局。正所谓"知其不可而为之"，世界并不会因为我们美好的理想而改变，但这个理想，却使我们的生命庄严。儒家实现理想的路径是由内而外的，哪怕无法改变天下和国家，至少可以有一个和睦的家庭；哪怕无法改变家庭，至少可以调整好自己的心态。在这个过程中迈出的每一步，都是你实实在在的成长与收获。

　　据《论语·乡党篇》记载，孔子的日常生活是自在而严谨的，对身边人尊重、关爱。孔子在乡亲面前，温和恭敬，只是认真倾听大家，不会说很多话，不展现自己的学问和口才；在宗庙朝廷里，则口齿清晰，十分严谨。他上朝时，同下级官员说话，显出轻松快乐的神情，让对方感到平易近人；同高官说话，友好而尊敬，和颜悦色；在国君面前，恭恭敬敬，仪态安详。这些点滴都是在照顾身边人的感受，也体现了孔子的仁爱之心。

我以前不注重人际交往中的细节，有时张狂，有时傲慢，有时口无遮拦，经常在不经意间伤害他人，却自以为真诚。其实，正如孔子所说"直而无礼则绞"，心直口快，却不知礼节，就会留下尖刻伤人的印象。反复诵读《论语·乡党篇》，我体会到儒家所说的"礼"并不是一种僵化呆板的习俗，而是对身边人的尊重和照顾，是一种生活的艺术、人际交往的艺术，体现出内心的灵活与柔和，以及敏锐的觉察力。而这种精神，正是我所需要的。我总是在意高深的思想、美妙的言辞，却忽略了身边人实实在在的感受和需要。此时再学习儒家的经典，相见恨晚，于是将《大学》《中庸》《论语》《孟子》反复地诵读、体会，汲取其中的智慧。

孔子和孟子都是伟大的教育家。儒家思想给我的另一个重要启发，正是关于教育的观点。

古代的学问，有"大学"和"小学"之分，虽然跟现在的大学、小学用词一样，但是内涵有所不同。"小学"是生活教育，比如洒扫、做饭、识字、读书、与人交往的技巧等，让人能够适应社会，拥有基本的生活能力。而"大学"，是修身养性，让自己的人格能够更加健康，更加圆满。其实，如果将这两者对照现代社会学来理解，会发现非常一致。教育无非有两个功能：一是对社会的功能，让个人融入社会，成为一个充分社会化的个体；另一个是对个体的功能，让人成为人格健全、心灵自由的人。

　　《大学》开篇就讲道："大学之道，在明明德，在亲民，在止于至善。""在明明德"是说我们学习学问的最终目的，是开发自己内心光明的潜能，包括品行、才能、学问等方面。作者相信，每个人的内心都有光明的宝藏，能够活出精彩的人生。"在亲民"是说我们想要开发内心的潜能，不是自己一个人能实现的，而需要在人群中，在社会互动中磨砺品行，培养圆满完善的人格。古人的教育，特别强调人际互动。这不是一味地迎合别人，屈从于别人，而是以文会友，以友辅仁，通过向很多善良的、有才能的人请教，帮助自己获得更好的修为，过上更加幸福的生活，同时也更多地去服务社会大众。最后，把"明明德"和"亲民"都做到尽善尽美的地步，即所谓"止于至善"。这是一条在平凡的生活中修行的道路，将自我成长与关爱他人有机结合的道路。

　　现在流行的一个词叫作"空心病"，对一些年轻人来说，人生好像特别空虚，没有价值，找不到努力的意义。实际上，他只生活在自己的世界之中，没有注意到自己所做的事情是否真正带给别人快乐。如果我们能够和许许多多的人很深刻地联结在一起，能够做一些真正对别人有意义的事情，当我们看到别人喜悦的笑容时，我们就会觉得生活很有意义。

　　在与人互动的同时，我们能开显善良、纯真的本性。儒家强调的"仁义礼智"，也都是在生活及人际互动中体现的。孟子说："恻隐之心，人皆有之；羞恶之心，人皆有之；恭敬之心，人皆有之；是非之心，人皆有之。恻隐之心，仁也；羞恶之心，义也；恭敬之心，礼也；是非之心，智也。仁义礼智，非由外铄我也，我固有之也，弗思耳矣。故曰：'求则得之，舍则失之。'"每个人都有对他人的同情心，这便是"仁"的起点；有对恶行的羞耻心，这便是"义"的起点；有恭敬之心，这便是"礼"的起点；有辨别是非的能力，这便是智慧的起点。因此，仁义礼智，并不是外在的要求，而是我们本来就有的，只是没有认真反思罢了。所以说，一切的道德修为，都是发自内心，向自心深处寻觅善的种子，就能有切身的体验，并将之扩大；如果自己选择放弃，就会失去这些美好的品德。

"学问之道无他，求其放心而已矣。"孟子说，学问的道路没有别的，无非是要找回你迷失的本心。人在生活中奔波，为了满足别人的一些要求，为了赚钱维持生计，可能迷失了自己内在的光。我们学习的目的，就是让我们能够找回自己的本心。至于各种具体的学问，也是为了陶冶心性，塑造人格。儒家有"六艺"之说，礼、乐、射、御、书、数，这是古代学校开设的学科，相当于现代的德智体美劳。"礼"是社会教育，"乐"是音乐教育，"射、御"即射箭、驾车，是体育，"书"即书法和写作，相当于语文，"数"即数学。而这六者皆是"艺"，应以优游涵泳的态度去学习，以求人格的完善。

对比古人的教育理念，我们会发现，现代教育存在的问题是容易让人在竞争中越来越容易迷失自己的本心，不知道自己真正的快乐和幸福在哪里。

前段时间，鲁迅笔下的"孔乙己"成了媒体关注的热点。很多年轻人感慨："学历是我下不来的高台，也是孔乙己脱不下的长衫。"其实，这种现象是因为我们的教育理念需要调整。学历是当下重要的评价标准之一，我们一直在教导年轻人要考一个好分数，上一个好大学，大家不断地竞争去获得更高的学历，获得他人和社会的认可。这种唯学历论的社会大潮，既不提倡我们依照本心而活，追寻发自热爱而非功利的幸福，也没有很好地引导大家保持内心的热情，为社会做一些贡献。在这种价值观的指导下，有一部分人能够获得大家眼中的成功，但是长此以往就容易导致过度竞争，以及整个民族的精神内耗。这种功利主义的价值观、急功近利的心态，培养出的是一大批精致的利己主义者。

实际上，很多人内心是不快乐的，因为他们没有活出自己生命真实的状态，他们都是在为别人的评价而活。当我们不能从我们的工作和学习中找到那种发自内心的触动时，我们是容易感到空虚的。

教育，需要回归生命本身。

禅，认识你自己

我们都是一棵树的叶
我们都是海洋的波浪
相聚的时刻来到，我们成为一体
我们都是天空的星星

——《我们都是一棵树的叶》

在泰国，一个环境略显简陋的寺院掩映在一片树林当中。这里的白天阳光猛烈，夜晚则空气清凉。僧众往往十几人住一个房间，且要与蚊子为伴，但一切都流露出悠然、轻松的氛围。在这片土地上，每个人都更易活在此时此刻。

我于二○二○年元旦前往泰国游玩，并在这里参加禅修。早晨六点起床，到远方的田野中行禅，回来用早斋，之后便是一个小时的劳作，说是劳作，其实就是打扫院落，在厨房做饭（给南瓜削皮等）。在真诚的劳作中，我们与日常生活联结，并练习在其中保持觉察。

我们在禅堂唱禅歌、听课，参加其他活动，自在地喝茶、交流。这里的禅歌很好听，有一首叫作《我们都是一棵树的叶》，据说来自一位罗马诗人。当时出于身体原因，睡眠也不太好，我一般不参加早晨的行禅。这个寺院给了大家自由作息的空间，从不做强行要求。我听说，之前一些欧美人来到这里并不参加任何禅修活动，只是找了架钢琴弹，寺院也并未赶人。在这样放松的环境中，每个人的脸上都洋溢着喜悦，都市生活带来的阴霾一扫而空。

我不禁反思了自己以往的修行之路，不仅是我，我身边的很多同修或朋友似乎都比较紧绷，好似放松是一件不求精进的事，是不应该的，也不被我们接纳。我们提倡努力、向上。但这样要求自己做各种事情，学很多知识，拼命向前飞奔，这个状态真的对吗？一个人这样做真正有多少受用呢？

因为时间宝贵，所以有些人会希望能以最快的速度实现极大的放松效果。我在带学员禅修时，有一个学员留言问我："我的妄念太多了，怎么办？""怎么办，怎么办，怎么办？"他又连说了三次，似乎在向我求救。这种状况，也许和当前社会上蔓延的焦虑情绪息息相关。但欲速则不达，想要收获宁静，需在平和、放松的状态下进行禅修体验。心情急切，难以接纳自己，是禅修时的绊脚石。

在泰国，我并没有学到什么新的东西，我只是找到了一个方向，去寻回那些生命中曾经拥有的宝藏，踏上心灵回归之旅。

我有个朋友，他曾经很担心自己会得艾滋病。其实，他没有任何感染艾滋病的途径，只是内心非常担心得艾滋病。这使他非常焦虑，经常去医院做检测，得出结果后，他能稍微放松一阵，但过一阵，这种焦虑和恐惧又会卷土重来——多少个感到窒息、慌张的瞬间，多少个失眠的夜晚，多少次想到未来时的失望无力，我深深地感受到他内心的苦楚，于是慢慢引导他练习自我觉察。我告诉他：这是一系列的连锁反应。因为恐惧，内心会想象出很多事情或画面，而这些想象的内容又进一步加剧恐惧，让我们觉得想象出的内容似乎是真实的。我们的思维会越发发散，想象各种场景，越来越多。此时，恐惧和焦虑被不断放大，我们卷入其中，无力挣脱，只得顺着自己飞奔的思绪和害怕的场景，越陷越深。如此日复一日，最初的担忧就会被不断固化，形成强烈的情绪，乃至心理问题，并出现躯体症状。

如何将自己拉出情绪的泥沼呢？首先，我们要觉察到自己进入了这种思维的循环。看到自己陷入"想"里面，而且通过这个"想"，感受到心跳加快、额头渗出冷、心前区紧绷等各种症状。身体上是如此，内心也越发觉得黑暗，觉得自己真的会得艾滋病，真的会失去生命。身体的反应真实存在，但我们要看到内心的恐惧和焦虑只是因为我们陷入"想"里面而演出来了后面一系列的戏码。

进而，我们要试着保持中立。对于内心的想法，仅仅是如实地知道，尽可能接纳而不排斥，旁观而不跟随。因为不管是跟随内心的想法而去，还是打压、排斥它，都会一定程度地加强这个想法。一方面，接纳当下的身心现象，不用去评判和否定自己；另一方面，保持内心开放，不急于追求好的结果，心有它自己的运作规律，过于着急，强烈期待自己变好，只会欲速则不达。想法只是想法，并不是事实，我们仅仅是保持觉知即可。"事来则应，事去不留"，我们要像天空一样，允许云朵自由来去。

完全做到中立并不容易，如果出现了排斥、贪恋，或者对自己的否定、对某种状态的期待，我们只需要对这些排斥、贪恋、否定、期待如实地知道，它们也只不过是一些想法、念头而已，并没有什么特别的。如果能及时地觉知到，并保持中立，它们也会如天空中的云朵，慢慢飘走。

最后，我们还是要正常地去生活，去学习。我们在情绪不好的时候，容易沉浸其中，不断地反刍事情。其实，我们应该做一些事情转移注意力，例如我们正常地生活和工作，或做一些让自己放松的事情，但是不要带着和负面情绪、想法对抗的心态去做，不要试图把心硬拉回某处或让心态快速变好，而仅仅是自然地做就好了。这也就是我们常说的"顺其自然，为所当为"。

他听了我的指导，状态好一些了。他意识到自己内心有许多的排斥情绪，急于让自己变好，但他开始慢慢允许自己松弛下来，去做一些该做的事情，然后顺其自然。虽然完全放松下来还需要一个过程，但是当"恐惧"再次袭来时，他已经能够较好地觉察自己了。

保持觉知之时，我们的心就已经觉醒，而当下，就是生命的全部。我们只要已经走在正确的道路上，剩下的就不过是一个自然结果。慢慢地，心就会生出面对当前情况的智慧和力量。

正如古希腊神庙中的格言：认识你自己。这句话既是简单的，又是深奥的，因为我们往往会被自己的情绪、想法裹挟，或迷失于外在的色彩和声音，我们看到、听到了许多，却没有觉察到自己当前内心最主要的状态。

我们的心像一个舞台，舞台上会表演很多幕戏剧，也有很多演员，每一个心念就好像一个演员。但在同一时刻，只有一个演员说话，他就是那个时刻的主角。每一个角色说完自己的台词就会慢慢退场，新的角色也会登场表演，因为心的本性是变化无常的。

当心中生出了一个杂念，这一刻这个杂念就是主角。但接下来因为我们马上开始自责、懊恼，这个自责、懊恼的念头就成了主角。再接下来，被自责、懊恼推动，我们开始打压自己的心，于是打压的念头就成了主角。

很多人的问题，是对最初的杂念和负面情绪耿耿于怀，却不知自己的心已经陷入自责、懊恼、打压之中。其实，每一个念头都会自生自灭，杂念的出现是正常的，它不过是舞台上的过客。如果我们能不断地觉知，就能看到心念的迁流变化，看到心的本性。

有一次，我在工作的间隙静下来观察呼吸时感觉到一种力量推动自己赶紧结束，去继续做后面的工作。它在告诉我："快点做完，快点做完。"猛然间，我发现自己的心在焦虑和躁动。当觉知开始，我任凭焦虑的感觉飘走，不一会儿，心变得轻松和宁静了，接下来的工作我也放松了很多。

　　觉知，是保持对自心探索和好奇的心态，不需要试图完全掌控自己的心，不是刻意营造出一种特殊的状态，而是看到最自然的状态下心的运作。因为心有它自己的规律，所以一旦我们希望掌控，有了预期，就会有很多怀疑、自责和失控的感觉。不过，如果我们有预期，也没有关系，连同失控的感觉都可以作为觉察的对象。当心有期待，觉知到它；当心感觉失控、茫然，觉知到它。心是无常的，只要我们觉知到它，这些状态都会自己慢慢消退。我们要做的，是保持中立和觉知，心会慢慢回归到自然的状态。

数学之美

记得高一那年暑假，在数学之星夏令营上，我曾向几何学家项武义教授学习。那段经历让我对数学之美有了更深的体会。

项教授在课上说：

"你们也许经历过许多考试，做过许多习题，这当然有一定意义。但你们还要去思考，去探索数学所揭示的世界本质之神奇。这样才算真正学过数学。

"我们与宇宙万物共存于其中的空间，是既平直，又对称，无比美妙的环境。生存于其间实乃无上之福分。是谓'有福'。

"有福，还需要知福，由知福而造福。对圆的研究，是文明发展的一个分水岭。我将文明分成两类，'无圆文明'即没有发现圆之规律的文明，可谓'身在福中不知福者'，也就无从造福。而'有圆文明'，发展几何学，于是知空间之美妙，也就能知福而造福。

"显然，空间之美妙之处，不局限于其旋转对称性。而空间之美好本质，仅仅是大自然总体结构至善至美的本质的一部分。大体上来说，整个自然科学乃人类理性文明世代相承，精益求精的'知福'是也。"

在最后一堂课上，项教授说："我送大家几句话：

师法自然，实事求是。

返璞归真，精益求精。

至精至简，以简驭繁。

希望大家承先启后，继往开来，成为人类理性文明的继承者、创造者。"

项教授在课上与我们有很多互动。有一次他问："几何中最基本的概念是什么？"

我答："点。"

项问："点是什么？"

我答："不知道。"

项说："点是位置之抽象。有了位置，就有了位置间的通路，其中最短的就是线段，然后有直线，有平面，有空间。"

我问："老师，什么是'最短'？长度又如何定义？难道长度的存在先于线段的存在？"

项答："你不要拘于逻辑。'最短'来源于直观。我这里讲的，只是人对空间的大致认识顺序。几何是研究空间本质的，空间自然的存在，我们对它的研究全起源于直观。"

有一次，我问项教授："老师，我有一个问题。我发现，数学定理中凡是出现指数的，2次最多，其他的幂次基本没有。

究其原因，是因为勾股定理中有平方。但，为什么勾股定理是 $a^2+b^2=c^2$ 而不是 $a^3+b^3=c^3$ 或 $a^\pi+b^\pi=c^\pi$ 或 $a^e+b^e=c^e$ ？"

项答："这个问题问得很好。我想可能是这样，当次数是1的时候，即为线性，是2的时候也很简单。除此之外，情况就会非常复杂，甚至超出人的计算能力。这也许是大自然的精心安排。这样才能容纳有序而美妙的世界，才能诞生出人类这样的智慧生命。我们应该为生存在这样简单而精美的空间中而感到幸运。"

项教授的回答，我并不完全赞同。但他思维的高度，却给了我巨大的启发。

数学之美，是偶然间窥见自然规律的神奇，是内心的赏心悦目、怡然自得，是从变化的现象中发现不变，并在不变中拓展至更高一层看问题的视角。这里包含两层意思：不变之美和抽象之力。

前者如李白所云："众鸟高飞尽，孤云独去闲。相看两不厌，只有敬亭山。"当我们静静欣赏数学中的规律，我们能够体会到自然的神奇，数学中的规律超越日常俗务，是一种接近永恒的东西。数学的不变之美，不亚于名山大川的秀丽，不输于长江、黄河的雄壮，就像一个美丽而贤淑的女子，你走遍千山万水，她却始终等你。

数学的抽象之力，体现在经反复积累之后，我们能升华到以一个全新视角看待此前的问题，用更加简洁的方式描绘出问题的本质。这种思维的飞跃也能给人带来极大的精神愉悦，如诗云"欲穷千里目，更上一层楼"，又如《庄子》中的鲲鹏，

"抟扶摇而上者九万里，去以六月息者也"。经过卓绝努力，我们能超然于森罗万象之上，从而游于云端，俯瞰万物。

数学所研究的对象不外乎数字与图形。对图形的研究，最主要的学科是几何，后又发展出图论、拓扑，其中体现得更多的是不变之美。而对数字的研究发展出了算术、代数、数论、组合数学等学科，其中更多体现的是抽象之力。

一、抽象之力

中国古代典籍《列子》中有一个故事：相马的伯乐快要退休了，秦穆公请他推荐一位接替他的相马师，于是他推荐了一个名叫九方皋的人。秦穆公派九方皋寻找天下难得的好马。三个月后，九方皋回来了，说自己终于找到一匹好马，是一匹黄色的雌马。把马牵来后，秦穆公一看，那明明是一匹黑色的雄马，这让秦穆公非常不高兴，觉得这个人连马的长相和雌雄都分不清。然而伯乐告诉秦穆公："若皋之所观，天机也。得其精而忘其粗，在其内而忘其外；见其所见，不见其所不见；视其所视，而遗其所不视。"九方皋看到的是这匹马的内在精神，而相对忽略外在形象。

正所谓"得其意而忘其形"，简化事物不重要的特性，留下事物的根本属性和特征，这样的选择恰体现出一种重要的数学思维，即透过现象看本质的抽象思维。

抽象思维贯穿于整个人类数学史，尤其是人类对数字的认知发展历程。在原始社会，人类并没有数的概念，他们只认知到生活中有一些现象是重复出现的。例如昨天在这个地方能摘到果子，今天还是能摘到；昨天打到一只野兔，过了两天又打到一只野兔。生活中有一些现象是相似或者相同的。他可能一次性采了很多野果回家，也可能连续几天打了好多只兔子或其他动物。为了对这些相似或者相同的事物加以管理，人类才有了数的概念，而后发展出加减乘除等运算方式，又发展出未知数x等代数符号。

其实，我们从小学、初中到高中的整个数学学习过程，是重现了人类几千年来的数学思想发展史。所以，我们不要认为这个过程很简单，这个过程的每一步在古人那里都是一个思维的飞跃。

例如，学龄前的孩子，他只知道1个苹果、2个香蕉、3个橘子，他不能用抽象的数字1、2、3来进行思维运算，这也就是说他对数学的概念处于"前运算阶段"，他不能够脱离具体的事物去认识数。由1个苹果、2个香蕉、3个橘子，到1、2、3，这本身就是一个思想的飞跃。在漫长的时间长河中，人类始终无法离开具体的事物谈数。他们可能知道3个人、3个野果、3头野兽、3块石子之间有某种相似特征，或者其中有某种不变的东西，但他们不能把这个不变的东西抽象成一个数字3，更没办法理解5+3=8。

在1、2、3的基础之上，我们又引入了加法和减法，加法是计数的一个简单运算，而减法是加法的逆运算，在加减法的基础之上又引入了乘除法，乘法是同样的数字多次连续累加的一个简便运算。

后来我们又引入了未知数x，用x代表各种各样的数，这是一个很大的跨越，是由算术发展为代数的学科跨越。虽然小学五六年级的学生就开始接触方程了，但很多初中生仍然不太理解方程背后的数学思想。这是从小学数学迈向初中数学最重要的难点。再往后，我们又引入了函数的概念来表示某一个量的变化，函数的概念则是由初中数学到高中数学的分水岭。

以上的每一步，都是由具体到抽象的过程。运用抽象的符号，能够更简洁有力地解决数学问题。例如小学的各种应用题，如果使用方程就很容易解决。这是人类思想和智慧的力量，其中的每一步跨越都值得我们细细品味。现在的学校教学，太注重解题，而不注重数学思想的领悟。这导致很多学生对基本的数学概念都还很含糊时，就开始为各种难题而疲于奔命，更体会不到丝毫数学的美感。

其实，在不断抽象的过程中，只有下级的一些概念得到了充分掌握，我们才能够抽象出更高一级的概念和符号。抽象思维的训练，首先要有一定的经验积累，然后再采用更加抽象的概念和符号去描述这些经验，并且找出这些符号运用的一些规律。只有这样，我们的抽象思维才能进行升级和飞跃，引入更高级的概念和符号运算。仅靠大量做题，而不注重基础的数学概念和思想，是一种愚蠢而机械的教学方法，长期效果是不好的，而且很多学生都无法适应。

二、不变之美

（一）哥尼斯堡七桥问题

印象中，我最早体验到数学之美是在小学二三年级学习哥尼斯堡七桥问题时。哥尼斯堡是普鲁士公国曾经的首都，今属俄罗斯的加里宁格勒州。在这座小城中，有一条河流过，河中有两个小岛，连接两岸以及两个小岛的桥一共有七座。有人提出一个问题，一个旅行者能不能走遍这七座桥，每个桥只通过一次，然后又回到原点。这个问题吸引了很多当地居民将其作为日常生活中的一个娱乐项目。很多年过去了，没有人能找出一种方法能够不遗漏、不重复地走过这七座桥。后来，大数学家欧拉对这个问题进行研究，并提交了一篇论文，名为《哥尼斯堡的七座桥》。这篇论文开辟了数学的两个分支，即图论和拓扑。

欧拉首先发现，这个问题是可以简化的，去掉一些无关的因素。人如果不通过任何一座桥，只在两岸及两个小岛上行走，这对解决问题没有影响。同时，两岸和小岛的形状对这个问题的解决也没有影响，或者说当两岸以及小岛的形状发生变化时，我们过桥的走法是不变的。

这时，我们就可以采取一种抽象思维，简化两个小岛和两岸的形状。我们可以把两个小岛的形状压缩为两个点，即它们没有大小，仅是空间中的两个位置。两岸的形状也可以压缩为两个空间中的点。（因为当地人活动的空间是有限的，他们所有的行动都是在哥尼斯堡这座小城里进行的，所以两岸其实和小岛一样，也只是一个有固定范围的区域而已。不可能沿两岸无限地向远方走，也不允许从一侧岸边出发，绕地球一圈，到另外一侧岸边。）就这样，哥尼斯堡七桥就变成了四个点之间所连的七条线。我们的问题转化为能不能从四个点中的某一个点出发，连续画出这七条线，并且不重复、不遗漏——这就是我们在小学中学习的一笔画问题。它是一个图论问题，而把哥尼斯堡七桥问题简化为一个图论问题则体现了拓扑的思想，以及数学中抽象思维的力量——本来是一个非常复杂的问题，经过抽象之后就变成了一个很简单的问题。

关于这四个顶点之间能否一笔画成的问题，欧拉也给出了一个著名的定理。首先，对这样一个由若干顶点和其之间的连线组成的连通图，我们可以按连线数量将所有的顶点分类。如果一个顶点连出奇数条线，称为奇顶点，如果连出偶数条线，称为偶顶点。欧拉定理是：

一个连通图能够一笔画成并回到原点的充分必要条件，是其中没有奇顶点。如果在一笔画中，不要求回到原点，那么这个图中可以有至多两个奇顶点。

这一定理的证明是比较直观的。在一笔画的整个过程中，除起点和终点，每个点只要有一次进入，就会有一次走出。所以除起点和终点外的所有顶点都只能是偶顶点。如果要求起点和终点是同一个点，这个点也会有同样次数的走出和进入，所以它也必须是偶顶点；如果在一笔画中，不要求回到原点，那么起点和终点可以是奇顶点，其他都是偶顶点，因此奇顶点至多有两个。

哥尼斯堡七桥问题中的四个点连出的线段数目全都是奇数，这个图中共有四个奇顶点，因此它是不可能被一笔画成的。哥尼斯堡七桥问题得到了解答。在问题的解决过程中，前半部分用到了抽象思维，对问题进行简化；后半部分在顶点之间的连线数量中寻找不变量，发现了奇顶点和偶顶点的数量是能否一笔画的关键。抽象之力与不变之美在这道题目中都有体现，童年时期的我被其中的数学思想深深触动。

平面几何中存在很多不变量。例如一条直线截一组平行的直线，所得的同位角相等。又如和全等三角形相关的一系列定理：两个三角形，如果它们对应的边和夹角都相等，那么这两个三角形全等。

这些不变量的背后其实有更深刻的内涵。全等三角形的相关定理告诉我们，空间中的每一个点都是平等的，每一个方向也是平等的，这样我们才能把两个不同三角形的顶点相对应，相邻的边相对应，而它们剩下的部分也相等。

同位角定理则反映了空间的平移对称性。把直线和其中一条平行线的交点平移到另外一个交点的位置，那么这两处附近的空间全等。探索几何中的不变量，即了解我们生存其中的这片天地，体会这片天地的神奇和美。通过对不变量的思考，我们会对所处空间的本质有更深刻的理解。

不变量一定是在变化的过程中体现的，所以我们也会研究几何图形的变化。这些变化又称为"几何变换"。例如轴对称变换、中心对称变换、平移变换、旋转变换等。在变换之中有不变，而不变量的存在也意味着允许某些变换发生。

在学习平面几何的过程中，我会用这种变与不变的辩证思维看待每一个问题，思考图中的哪些量、哪些部分会变化，而其中真正的不变量有哪些，如何去体现。对变与不变的洞察，是解决平面几何问题的关键。

（二）将军饮马问题

我们举一个简单的例子，著名的将军饮马问题。一个将军要到河边去，以便让马饮水，等马饮水后他要去河岸同侧的军营。将军希望尽可能节省马的体力，走最短的距离到河边让马饮水，然后去军营。那么他应该如何选择路线呢？

我们知道，平面上两点之间线段最短，如果将军不去河边，那么他直接走一条连接当前位置A和军营B之间的线段是距离最短的，但问题是现在他要去河边一趟。那么他就需要在河边找一个让马饮水的点C，他先沿线段走到这个饮水点，然后再走直线来到军营，问题就在于如何选择河边的这个饮水点。

初看起来，这个问题好像比较复杂，但我们可以做一个几何变换。假设这条河是一条直线，我们以这条直线为对称轴，把将军当前的位置做轴对称变换，变换到河的另一侧，即A'。这个对称点A'到饮水点C的距离，和原来的起点A到饮水点C的距离是一样的。在这个几何变换中，路程不变，所以我们可以把将军从起点到饮水点再到军营的路线在距离相等的情况下替换为从对称点A'到饮水点C再到军营B。而由于两点之间线段最短，所以我们可以把A'和B的位置连接起来，把这条线段与河的交点作为饮水点C，那么从起点先到这个饮水点，再到军营的路线就是我们要选择的最短路径。

这个问题运用了轴对称变换中的不变性，同时运用了空间中两点之间线段最短的特性，让我们看到了通过变与不变的思维解决几何问题的巧妙。

几何中还有很多更复杂、更美妙的内容。初中阶段学习到圆时，我非常惊叹于一个圆上同一段弧所对应的圆周角都相等这件事，即不论一个点在圆弧上如何变化，它对同一段圆弧所张的角都是不变的，这就是这个点在圆上运动时所保持的一个不变量。

几何有一个发展的过程，由平面几何到立体几何，再到更高维空间中的几何，或者黎曼几何。但在这一发展中，对变与不变的关系的研究贯穿始终。

变与不变本质是一个哲学问题。古希腊哲学家柏拉图就希望在这个变化的世界表象背后找到某种不变的东西。他认为具体的事物是会变化的，而不变的是事物的"理念"，那个抽象的概念是不变的。后来的哲学家，其实也都是在找事物中间一种不变的特征，即不变性。

数学和哲学的追求，是异曲同工的。在数学中间发现了这些规律性的东西、不变的东西——真理，就会觉得真理很美，能够帮助我超越日常生活中很琐碎的事物和情绪。从数学中就可以体会到这样的美——激励人往前走。我想真理其实是几千年来所有的数学家、科学家共同的追求。

人类在追寻真理之美的过程中发现了科学。

学习的四季模型

在我遇到的来访者中，有几个是焦虑的中学生。因为学业上激烈的竞争、学校倡导的超前学习的要求而厌倦考试、不想上学，乃至出现失眠等各种症状。面对这样的来访者，我常会对他们说不要把注意力都放在成绩上，成绩仅是对你当前学习状态的一个反馈，就像照镜子一样。你是一个学生，学生最主要的目的是学习和成长，这才是从长远来看更重要的。

我也常问他们一个问题："面对考试，你觉得哪些是你当前可控的？哪些是你不论做什么都不可控的？"一个同学想了想说："考试出什么题，当场发挥怎样，都不太可控。我现在能做的，就是把自己的一些弱项补齐。"

孩子只有在部分情况下，才被称为"考生"，大部分时候都是"学生"。我们反对"应试教育"，但太多的人本末倒置，时刻把成绩作为最重要的标准，这样孩子自然压力很大。有些学校，从学生入学开始就制造出紧张、焦虑的氛围，用考试的压力逼迫孩子学习；过度超前学习，导致许多学生对知识点的理解不透彻，基础不牢。考试是一种外在的评判，如果学生总是生活在外在的评判中，就会失去自己，很难在学习中获得乐趣，无法静下心来体会每一个知识点，再面临大考就更容易因为心态不好而发挥失常，更容易引发焦虑、抑郁等心理问题。

《大学》中说："物有本末，事有终始，知所先后，则近道矣。"这句话告诉我们，要知道什么是问题的根本，当下要从哪里开始。内在的成长，是获得外在成就的基础。如果以自身的学习和成长为重，学生压力会小很多，能够以自己的节奏为主，把学习的课程当作学习的资源，用作业来巩固知识，用考试来检验学习效果。尤其是如果知道自己真正的目标和愿景，知道再过十年、二十年，自己要成为一个什么样的人，我们就会很清楚自己在当下要学些什么，要积累些什么。

我自高二以来，考试的时候就常感到兴奋而非焦虑。通过考试，知道哪里没有学好，可以有针对性地去复习，这对我来说是一个非常重要的过程。于是，我就乐于迎接各种考试。

我也曾与一些同学交流过，那些学习能力较强、应试心态较好的同学，他们有很多经验与我的是类似的。有一个北大校友告诉我，他在高考之前，整体的心态是很沉稳的。他非常清楚，尽可能在高考前掌握好更多的知识点，在每次模拟考试的时候哪怕成绩不理想，也不必气馁，他把每次模拟考试以及每次的练习都当作一次自我成长、查缺补漏的机会。遇到做错的题，就学习和总结，争取下次不做错。他告诉自己：与其在高考的时候遇到题目做错，不如在平时就早点把它解决。他是以学习的心态来面对考试，而非以追求成绩的心态来学习的。

　　我将自己的学习心得总结为"四季模型"。大自然是人类的老师。学习也需遵循一个自然的过程，正如四季的更迭——春生，夏长，秋收，冬藏。

　　春天，是万物复苏、生根发芽的时段。我们在接触一门学科之初，要以培养学习兴趣为主，拥有好奇心、有探索的愿望，后面再做大量的题目时，才不觉得枯燥。如果放到教育的整个学习过程来看，小学阶段对应春天，此时兴趣的养成是第一位的。

　　夏天，是植物蓬勃生长的时候。我们需要以合理的学习方法、学习习惯为基础，稳步前进。这时，我们可以把学习的任务、目标进行拆解，拆分成一项又一项能力和一个又一个知识点，然后针对这些进行专项练习。

　　秋天，是收获和检验的时节。最重要的是调节心态，以平和的心境去面对考试。

　　冬天，是储藏的季节。面对逆境或新的人生阶段，我们既要能保持好的习惯与方法，又要能随时放下过去的荣耀，以开放的心态轻装上阵。

　　人生的每个阶段都是一个新的开始，我们既要对前一个阶段的成果及时总结、内化，又要及时放下那些已经不适合自己的方法，不断学习并掌握新的方法和技能。

春生：兴趣培养

兴趣是有层次之分的。

第一层是感官的愉悦和乐趣。最直接的体现为老师是否有亲和力、幽默感，教学是否有趣味，学生能否得到足够的鼓励。

第二层是成就感。这需要学生深入一门学科，找到自信心，找到自己可以发挥的舞台。为了让学生获得成就感和自信心，学习的难度需要适中，循序渐进。过于困难的内容会对兴趣造成严重的打击。同时，困难的地方往往意味着新的思维方式或技能，需要设计有针对性的练习，以帮助学生理解和掌握。

第三层是学科本身的美。这需要学生能静下来，悠游其中，也和老师自身的能力以及对学科的热爱程度有很大关系。

培养兴趣，是一个长期启发的过程。就像栽培一棵小苗长大，拔苗助长是没有用的，我们能做的是像春天一样，给予阳光和雨露。但是要扼杀兴趣，则很简单。有一句话叫"不要让孩子输在起跑线上"。这句话导致很多家长担心孩子，于是从孩子学龄前就开始报各种辅导班，灌输大量的知识，让孩子童年没有时间玩耍，过早地投入书山学海之中。过度的超前学习，也渐渐磨灭了许多孩子对知识的兴趣。而真正地培养出兴趣，必须让孩子由内在生发出渴望。

首先，我们需要适时地鼓励孩子。当孩子展现出好奇心、思考能力、上进心、自律等品质的时候，家长及时地给予关注和鼓励。有些孩子可能不喜欢思考复杂的问题，不喜欢阅读复杂的文章，但是不妨碍他学习和探究的好奇心。正如有人希望周游世界，实际上也是基于对探索和求知的渴望。所以，求知并不局限于学校所教导的知识。一个孩子厌学，不妨碍他在其他领域拥有浓厚的兴趣，比如喜欢养小动物，或喜欢在旅行中了解城市的风貌。说不定他也是一个很好学的人，只是学校的教育没办法满足他求知的渴望。

其次，我们需要给孩子一定的空间自行探索，发现自己的兴趣和特长。有的家长怕孩子耽误学习，不让孩子发展兴趣爱好，只允许他一心扑在学习上，以提高分数为唯一的目标。这种做法有可能造成孩子学习事倍功半。其实一个兴趣爱好的培养过程，能让孩子找到成就感和满足感。一旦孩子在某个领域找到成就感和自信心，并且能深入思考、克服困难，这些也会自然地拓展到其他学科，对孩子一生的发展都是难得的经验。一个好的兴趣会成为心灵的家园和加油站。当他在别的学科遇到困难时，他只要回到他的兴趣所在，就会再次激发起他的动力与信心。

为什么在小学阶段培养学习的兴趣这么重要呢？一方面是因为学习的思维方式进入初中后会发生很大的变化。如果能保持学习的兴趣和动力，学生学习的后劲就会比较足。另一方面，兴趣的培养也涉及人生规划的问题。知道自己适合哪个领域，就能更好地规划职业和人生。

我曾经有许多兴趣爱好，小学时喜欢打乒乓球，初中时喜欢写作和计算机编程，不过最主要的兴趣爱好还是数学，数学就是我心灵的家园和加油站。

夏长：主动学习，夯实基础

要学好一门学科，学生在有兴趣的基础之上，还需要依靠良好的学习方法和习惯，并长期用功。

有些学生机械地刷题，却不知为何而刷，缺乏学习的针对性；一旦遇到真正的难题，或一个阶段的做题正确率下降，就手足无措，非常受挫。其实，题目是为掌握某种知识和能力服务的。我们从题目中可以分析出自己的优势和劣势。

一切考试的要点无非是这三个方面：知识点、能力和题型。而这三个方面都可以拆解开来，通过专项练习逐个夯实。如高中奥数竞赛，分为几何、代数、数论、组合数学四大板块，每个板块的知识点都是有限的，我们逐个掌握之后，就可以按题型归类进行练习。在练习的过程中，要不断总结和评估：哪些知识点是较为熟悉的，哪些是你还有漏洞的；哪些题型已经掌握，哪些题型还不太会做；不太会做的题型，最主要的难点是什么，如何掌握题目中的思维？如此进行有针对性的练习，就能稳定地进步。

有一个中学生发现每次遇到需要"分情况讨论"的数学题就容易出错。尤其是存在两个或多个因素交叉，也就是至少有四种情况，这时他会容易算不过来，忽略其中一两种情况。分情况讨论的核心思维是枚举法，这在小学数学中有提到过，但老师往往不会对学生做强化训练。这时需要先以一道题为例，逐步演算讨论的步骤，也可以用树状图或表格来辅助。待学生会做一道题之后，再用一系列类似的题型做强化练习，反复演练核心的那几步，直到大部分题学生能做对为止。

这里要提到一个大家熟知的学习方法，就是使用错题本。实际上，能用好这个方法的学生并不多。原因是大家对学科整体的知识结构不熟悉，遇到错题不知道怎么分析错误的原因，只知道"题很难"，不知道自己哪里不会，以及如何补足。对很多学生来说，学习和考试就像一个黑箱子，是不可知、不可控的，只学到了碎片化的知识、会做几道题，之后也很容易遗忘。能否使用好错题本，既体现了对知识的整合梳理能力，又体现了主动学习和被动学习的区别。

被动学习的孩子只是在完成老师布置的任务，因为不完成就会遭到批评，他们不会去想"我需要学什么""为什么要做这道题"，单纯认为只要跟着老师走就好。而主动学习的孩子，他们会有很强的意愿去搞清楚"这个知识点究竟是怎么回事？""这些知识之间的关联是什么？"以及"我到底有没有学会""哪些步骤还不太熟练"。他不会每个学科平均用力，而会根据自己的节奏安排每个阶段学习的重点。

学习是一件复杂的事情，我曾总结过影响学习力的六个要素，这里简单介绍：

一、兴趣及学习动力，如前"春生：兴趣培养"中所述。

二、生理及学习潜能，包括注意力、记忆力、信息输入能力、思维加工能力、信息输出能力等。

三、情绪和学习状态，调节情绪和状态，应对焦虑、挫败感等负面心态，如"秋收：调整心态，沉着应战""冬藏：面对逆境，轻装上阵"中所述。

四、学习方法。如整理知识点，按知识点、题型等专项突破，以及错题本的使用等。如本节"夏长：主动学习，夯实基础"中所述。

五、学习习惯与自我管理，如精力管理、时间管理等。

六、学习如何更好地处理人际关系。亲子关系、师生关系、同学关系等，对学习的影响也很大。

秋收：调整心态，沉着应战

考试心态的调整，是一种修行。你越是紧盯着最终的结果，就越是容易偏离轨道。如果你"安住当下"，把注意力放在过程上，集中精力做好当下能做的事情，不管是平时用功，还是在考场上答题，压力就会减少很多。

考试的焦虑，往往来自不确定性。如果学生对自身足够了解，就能将不确定性降到最低。我曾和一个北大的校友探讨他是如何考上北大的。他告诉我，在高考之前，他会很客观地评估自己的学习情况，根据此前几次模拟考试的成绩，综合估算自己在考试中最好的发挥情况可能是怎样，最差的发挥情况可能是怎样，最可能的发挥情况是怎样。这样，他对最终的结果就心里有底了。他的目标是北大，但是他也能接受发挥得稍微差一点，上其他大学的情况。所以，做任何一件事情，我们将面对的结果都是在一个可能性范围内的。如果我们把最好、最坏和最可能出现的情况都分析清楚了，接受这些情况事实，也就没有太多需要焦虑的了。他参加高考的时候就很沉稳，因为一切都在他预料的范围之内。

考试的出题，确实会有一些不确定因素，但我们自身的学习情况，如知识点的掌握程度、题型的熟练程度等，是相对确定而可控的。很多人焦虑，其实是对自身不够了解，不了解自己的长处和短板，也不知道有针对性地复习，而仅仅寄希望于在考试中有好的发挥。这就陷入了"不可知论"的误区。

我认识一个非常焦虑的高三学生，她告诉我，一两个月前她的模拟考试分数还可以，勉强够得上自己理想的大学，但近几次的分数不断下滑。她每天都生活在焦虑和煎熬中，重复地做题，但似乎没什么用，经常遇到不会做的题，自己感到很挫败。和她深入聊下去，我发现她并不清楚自己的优势和劣势有哪些，仅仅看到近几次成绩下滑的表象，感到无奈又不甘心。同时，她的目标过高，在考得比较好的情况下才能勉强达到。我用类似于刚才那个北大校友的方法，帮她分析了目前的情况。她了解了自己实际发挥状态的区间，焦虑减少了一些。其实，这个学生应该对前几次考试的错题做更深入的分析。一次成绩的好坏并不能简单地归因于"运气"或"状态"，而是更多地取决于那些题型、考点自己是否真的吃透了。如果每次出错她都能找到自己的短板和盲点，并有针对性地解决，短板和盲点就会越来越少。

冬藏：面对逆境，轻装上阵

学会放下是一种智慧。

我认识一个小学生，他在钢琴上很有天赋，已经有接近钢琴十级的水平。但随着曲子的难度不断加大，他练琴就越来越烦躁。我观察他为了参加一个比赛而录制的弹琴的视频。他弹得很快，但每次弹完都对自己不满意，乃至大喊、哭泣。此前曲子的难度没这么大的时候，他都弹得很好，状态也很好。显然，他不能接受那个弹不对的自己。

在回家的车上，我和他一起坐在后座。我问他："你练琴的时候，是不是心情很着急，特别希望自己弹好？"

他说："是的。"

"那你觉得这个着急的心情，能帮你练得更好吗？"

他想想说："其实是有用的。以前我就是这么练的，每首曲子反复练，很快地练。"

"你觉得这么快速地练，实际效果怎样？"

他说："我一直是这么练的。有一些音就是弹不对，我就从头再来一遍。但是还是有很多音会错，明明纠正过来了，还是会错。我就赌气地继续反复练，最后就弹对了。"

"那老师是怎么看这个问题的呢？"

他说："老师总是说，要慢下来，但我就是习惯快速练。老师还会指出我的一些错音，其实我知道，有时候就是想要按自己的方法把它们练对。"

"那你觉得老师怎么教你是最好的呀？"

他说："我希望老师不要总是打断我，让我自己多练。唉，其实我觉得对自己也不够了解。"

我说："你谈到了解自己，其实我们最大的课题就是了解自己，然后不断地调整自己。就像学琴的方法，可能不同的曲子、不同的学琴阶段需要不同的方法，其实你也可以慢慢探索不同的学习方式。"

我想，其实很多孩子都和这个孩子一样，把周围人的要求内化为对自己的要求，过于要强。在过去的学习中，他太顺利了，收获了许多肯定，但同时也一直被要求：你要得一等奖，你要做好。而在学习新的方法、技巧时，一定有一个从不会到会的过程，但他不能接受这个过程，因为这对他来说意味着自己不够好。于是，他就一直卡在原地，难以有更大的进步。

其他学科的学习，又何尝不是如此？要进步就必须不断突破固有的思维模式。如数学，从小学到初中、高中，再到大学，学习、思考的方式是需要不断调整的。一些孩子小学时成绩很好，到了初中就跟不上，或直到高中都一路顺利，到了大学却一脸茫然。有些家长通过安排孩子超前学习的方式，让孩子在小学或初中阶段一路顺利，当孩子习惯于成功，习惯于每次都做得好，却不习惯于总结和反思，不习惯于接受新的学习方法，他们到了一定阶段就会后劲不足。

人生中遇到挫折几乎是必然的，但挫折又未尝不是成长的契机。真正能够坚持下来的力量，更多来自心里的韧性，只有自我接纳、不断反思，才能不断进步。

我也遇到过许多挫折，同样也在不断开启新的人生阶段。小学时，我虽然对数学有浓厚的兴趣，但却在竞赛中屡次失利。刚上初中，语数外三科我都感到不适应，整个初一几乎都在懵懂、茫然中度过。高二是我既往人生中的最高峰时刻，然而到了高三，眼睛出了问题，此前我所热爱的一切几乎在一夜间黯然无光。我咬牙坚持，依靠想象和心算能力走到最后，获得了国际奥数满分金牌。大学时，我忍受眼睛的疼痛，坚持学习，最终排名年级第四。毕业时，我放弃麻省理工的全奖，上山出家，开始全新的生活。二〇一八年下山，我再次一无所有……不论是主动还是被动，每一次生命的转向，我都需要放下一些，也需要带走一些。放下的是曾经的光环和荣耀，带走的是宝贵的人生经验。

在这个过程中，我收获了什么？很多很多。从数学中培养起来的直觉和洞察力、逻辑思维能力，曾经让我在物理、化学的学习中游刃有余，对此后学习传统文化和心理学也发挥了重要的作用。真诚而坦然的心态、面对逆境的能力，让我在无数次碰壁后慢慢走出自己的世界，走进他人的内心……这些在长远的人生中，逐渐彰显出它们的价值。

我总结的自己在学习方面的经验和方法，或许有许多也适用于当今的家长和孩子们。这也是我近两年来研究的一个重要课题：如何结合心理学、教育学等学科中的方法，有效提高孩子的学习能力？所谓"素质教育"，学习能力和心理韧性都是关键的"素质"，"素质"正是高分背后的核心素养，不应该与分数隔绝开来。现今教育"内卷"愈发严重，我觉得家长关注成绩是无可厚非的，关键是要通过科学、人性化的方法，有效地提高孩子的学习能力，从而由内而外地提高分数。

心理咨询，是借助心理知识和技术解决心理健康的问题。借助心理知识和技术，改善学习方法和习惯，不仅可以改善心理健康水平，也可以提高孩子的学习能力——这是目前一个新的领域，应该叫作"学习力咨询"。这是我非常关注的一个领域，我也正在带领团队做相关的研究和实践。

寻找生命的意义

生命的意义是什么？这不是一个形而上的空洞的问题，而是关乎真实的人生体验的问题。

生活在这个时代的很多人，在生活中都有一种无意义感。虽然每天很忙碌，做了很多事情，也有一些天赋和能力，但他们并不知道自己活在世上是为了什么。一个完美的哲学解答，并不能解决现实问题，他们需要的是一些有意义的生活体验、一种生命深处的召唤、一段能让自己投入其中的心灵旅途。

或许，在他们的成长过程中，他们一直被外界要求，没有培养出自己感知世界的习惯。在过去的人生中，似乎自己喜欢什么并不重要，重要的是获得父母、老师及身边的人肯定。其中有一些人是比较"乖"的，但也有一类人是比较叛逆的，一直在为自由而抗争。当终于摆脱了外界的束缚，有了一片自己的天地，他们才发现不知道该在这片天地里做些什么。

一个人活到三十多岁，突然发现前面的几十年都是为别人而活，很少关心自己真正喜欢的是什么。这时他可能要像一个小学生一样，慢慢培养对事情的兴趣，哪怕是对简单的事情的兴趣。

为什么孩子容易对很多事情感兴趣？因为孩子的心是鲜活的、非功利的，也没有太多的评判和比较。兴趣的培养有时是需要他人鼓励的，父母对孩子的鼓励是最有效的，能提供一个包容的氛围，让孩子知道遇到困难是正常的、犯错误是被允许的。一旦成人之后，人有时不容易接受别人的鼓励，也很难自己肯定自己，经常怀疑自己正在做的是不是真正有意义的。这时，我们需要在兼顾社会责任的同时给自己一些空间，放下外在的评判，允许自己像孩子一样感知世界，培养对事物的兴趣，哪怕是很简单的事情。不要着急，让自己内在的力量像小苗一样生长起来，我们需要给自己足够的雨露和阳光。

人生的意义好比一座大厦，是我们不断建构起来的。生活中体验到的丰富与真实，是建立意义的基石。因此，回到当下很重要。当下也许是平凡的，但也是鲜活而丰富的。过去已经远去，未来没有发生，它们只存在于我们的头脑中。我们生命真正拥有的，不外乎是一个又一个"当下"。我们需要暂时放下思考和评判，不要沉浸在"这是否值得，是否有意义"的玄思之中，否则这个当下又被我们错过了。

为什么有完美主义倾向的人更容易觉得空虚？有完美主义倾向的人，会用很高的标准看待自己的生活，凡是达不到自己心中的标准，他就觉得这件事情是无意义的，因此他就不能享受当下。

有一个抑郁、厌学的孩子，他曾经成绩非常好，高中以后却开始出现心理问题。因为高中课程的难度大了，他不再能按照以前的标准快速、完美地完成作业，他对自己的学习状态很不满意，开始回避学习。此外，在生活中，他也常觉得自己的状态不太好，不够阳光，做任何事情都不能达到自己理想中酣畅淋漓的感觉，他觉得自己的生活碌碌无为，没有任何一件事情让自己满意。

其实，他需要放下心中那个完美的标准。要知道所谓"完美"也是自己定义的，仅仅是自己的一个观念而已。如果能接纳生活的平凡、接纳自己，则能慢慢从简单的事情中体验到充实，欣赏点滴的美好。正如歌曲《平凡之路》中唱的："我曾经失落、失望，失掉所有方向，直到看见平凡才是唯一的答案。"

活在当下，体验生活的同时，我们还需要与他人建立深入的联结，既需要有对他人爱的付出，也需要去感受他人对我们的善意。人与人之间真诚地付出与联结，是治愈各种心理问题的良药。就我自己而言，在北大的社团中，我度过了人生中充满温暖的一段时间，也对此深有感触。当时，每当遇到身边的同学感到低落、焦虑，或者觉得生活很空虚时，我都会带着他们参加一些公益活动，例如奉粥、参与有机农耕、捐衣、走访孤儿。在这个过程中，我看到他们忧郁的神情逐渐变得开朗，露出微笑。

在体验与联结的基础之上，我们可以开始生命的成长。

普通人重视的人生价值，大体不外乎成功与快乐（快乐是一种体验），然而这两者都有局限，它们有时是可遇不可求的，又会随着时间的流逝而逐渐褪色。如果仅仅追求快乐与成功，人难免会产生悲哀和痛苦。

唯有心灵的成长能够让我们获得长期的快乐与自由，面对人生的起伏始终积极地应对。我们常说人要有目标，这并不意味着目标是我们生命的全部，而是说借助外在的目标，才能更好地激发我们生命的潜能，并创造一段难忘的奋斗体验。我们说"一次难得的体验""人生要多经历"，其实体验是转瞬即逝的，它真正的价值是让我们有所收获，改变我们的心境。成功仅是人生的路标和阶梯，体验是生命成长的必要组成部分，它们是重要的，却不是人生的究极意义。

成长，意味着修炼心性、完善人格。阅读古来圣贤、伟人的故事，我们会为他们的心境所感动，正所谓："高山仰止，景行行止。虽不能至，然心向往之。"

成长，也意味着要探索自己的道路。每个人的天赋、秉性是不同的，需要知道自己真正想要的是什么，多去探索一些兴趣爱好，了解不同的生活方式，找到最适合自己的领域和道路。

一直以来，我很关注如何在这个时代获得更全面的生命成长，也开发了"生命成长社区""生命成长深度营"等课程，提供了一系列公益课程和体验活动，希望能帮助到更多寻求人生意义和生命成长的人。

总结起来，寻找生命的意义，有如下的方式可以尝试：

一、放下评判，回到当下。

二、建立一段滋养性的关系，不管对方是朋友、恋人、老师，还是咨询师，这样的关系不但让我们感受到温暖与关爱，还允许我们去探索属于自己的生活。

三、从利他出发，参与一些公益活动或者为身边的人做一些小事，感受他人因自己的付出而获得的快乐，由此感受到自己存在的意义。

四、以非功利的方式培养一种兴趣爱好，允许自己简单地沉浸其中。或者，从自己曾经喜欢的事情中深入发掘，找到自己喜欢的生活方式以及价值观。

五、学习传统文化经典，与古圣先贤为友，仰望高远的生命境界。

如何缓解焦虑

焦虑是对未来的担忧，来源于恐惧和不安全感。焦虑与生活的不确定性有关。身处当今时代，我们亲眼见证了疫情让惯常的生活秩序几近瓦解，世界格局的动荡影响了我们每个普通人。"不确定性"早已是一个人人可感的词，也是很多焦虑的来源。

现代人的焦虑，往往是弥散性的，哪怕没有什么明确可担忧的事情，我们也会主动寻找那些可能出现的危险，然后告诉自己：只有把这个做了，我才能安全。但实际上，我们在做的过程中会发现更多不完善的地方，于是只好不断给自己加码，引发更多的焦虑。这时，及时让自己放松下来很重要，回到当下，做几个深呼吸，不带任何评判地活在此时此刻；做一些照顾和安抚自己的事情，运动、赏花、拥抱自己，而不是聚焦于那些并不存在的危险。

一、尽人事，听天命

面对不确定性，有一句古话会有帮助，那就是：尽人事，听天命。

任何事情我们都可以一分为二地看待。可控的部分，属于人事，既然是人力可控的，我们认真地去做，就能获得期待的效果。而不可控的那部分，属于天命，既然是人力无法掌控的，我们只有选择接纳，用积极的心态去面对可能出现的任何结果，正如庄子所说的"知其不可奈何而安之若命"。

"尽人事，听天命"的智慧可以追溯到庄子的思想。"天命"是客观的、自然的，也包括所有已经发生的事情。"人事"是主观的、主动的，包括我们能采取的努力，也包括我们的各种想法。很多时候，我们总是在事后后悔，"当初要是那么做就好了"。其实在事情还没有发生时，我们是不容易判断结果的。在事情的走向不确定之时，我们尽力去把握能确定的那部分就可以了。如果事情已经发生，无法改变，那最好的应对方式就是坦然接受，总结经验，找到后续可以改进的部分。

一个有智慧的人，他总是坦荡而平和。因为他知道哪些是自己可以掌控的领域；做了自己该做的事情，也就没有可遗憾的了。同时他能够不断学习，不断成长，扩大"人事"的范围。以前无法掌控的事情，经过他内在的修炼，就有可能变得可以掌控了。

二、重视内在的成长，看到自己的珍贵

如何扩大自己可控的领域？《大学》中讲到"修身为本"，内在的成长是外在成就的基础。

我接触的来访者中有些是焦虑的中学生。我会对他们说，不要把注意力都放在成绩上，成绩仅是对你们当前学习状态的一个反馈，就像照镜子时看到的镜像。你们能掌握知识、获得成长，才是从长远来看更重要的。

对成年人来说，道理是同样的。有求加薪而不得便想跳槽的员工，有因相亲失败而焦虑的年轻人，我给他们的建议都是：首先关注自己的成长，找到自己成长的节奏，外在的成就会跟随自我的成长而来。成长包括你的知识、能力、身体素质，而更深层则是你的智慧和心态。一个有智慧的人，能在各种顺境、逆境中调适身心，获得生命的安顿与滋养。

知道内在的成长才是一切的根本，我们便会更有定力。因为焦虑往往是我们把自己的价值寄托于外在的评价才产生的，所以缓解焦虑，就需要我们回归内在的价值，记得自己的珍贵。

电影《无问西东》中有这样一句经典的台词："愿你在被打击时，记起你的珍贵，抵抗恶意；愿你在迷茫时，坚信你的珍贵。爱你所爱，行你所行，听从你心，无问西东。"

看到自己的珍贵包含两层含义。首先，我们的生命本身就是最珍贵的，而外在的评价只是一个投影而已。相信我们内在的潜力和韧性，即便遭遇困难，我们也有力量迎难而上。生命本身就是最长的河流，最高的山峰，最亮的星辰。每个人的内心都有无尽的宝藏。

其次，知道我们想要过一种什么样的生活，成为一个什么样的人，什么是真正重要的。也许这个问题并不容易回答，我们可以从自己的兴趣爱好和喜欢的事情上去探究，发现背后真正的需要。这个时代"内卷"的原因，有一个是大家不知道自己想要的是什么，于是盲目地竞争，进而导致千军万马过独木桥的悲剧。如果每个人都能走出属于自己的道路，就不需要过度地竞争，那时将是一个百花齐放的春天。

三、学会拒绝和放下，照顾自己

曾经的我，是一个工作狂，有时当天的工作已经做完了，可为了避免未来有过多的负担，我便倾向于提前完成明天的工作。对每一件事情，我都有很高的要求，希望尽可能避免各种可能发生的危险，因此不断给自己加码，把工期提前。于是事情越做越多，我永远没有休息的时间。

后来，我发现避免"危险"的最佳途径，是照顾好当下的自己。当工作过多的时候，如果是领导安排的，我们要学会及时汇报，适当拒绝；如果是自己可以做主的，可以适当推迟工作的完成期限。同一时间重点处理那些最重要的事，把良好的身心状态放在第一位。要知道，只有保证昂扬而愉悦的心态，保证充分的休息、健康的身体，我们才能发挥最佳的工作效率。

对于种种可能伤害我们的事情，不管是人身财产安全方面的伤害，还是精神方面的伤害，我们都要有拒绝的勇气。

有这样一个故事：从前有座山，山上有座庙。在一个寒风呼啸的晚上，庙里的和尚们要烧水时，发现柴不够，于是大家一起商量怎么办。有人说可以出去砍柴，有人说去村子里借一些柴，还有人说请附近的居士给送一些来。这时候有人说："大冬天的，这些都太折腾了，我们少烧一些水就好了。"

因为庙里的锅很大，大家习惯了每次都烧整锅的水，如果只烧够用的水，其实就不需要那么多柴了。

　　人生也是如此，我们默认了很多的标准和要求，其实我们真正需要的并不多，如果我们能充分了解自己真实的需要，合理评估当下的各种资源条件，评估自己的时间、精力，就不会过度劳累。希望我们都能够拥有随缘自在的人生！

第七部分

他人眼中的我

数学教练余世平老师的回忆

二〇〇三年暑假，理科实验班刚组建时，那个满脸微笑，且经常与别人讨论学术问题的学生就格外引人注意。在课余时间，他常与老师、同学讨论包括天文地理、社会、环境以及数学、物理、化学等极广泛的话题，而且每次讨论，他都会用较为深刻的理论阐述一种观念，令人折服，这位颇有学识的同学就是柳智宇。

柳智宇同学对所有的学习科目，都有同样浓厚的兴趣，而且每门科目都能融会贯通。读高一时，实验班的同学们选择竞赛科目，柳智宇同学最终选定了数学。相较于物理和化学的实验，他更习惯于理论的思考。

他也是一个很会学习的学生。在最开始的学习中，他十分注重基础知识。高中的数学知识他曾经自学过一遍，但每次数学课，他仍旧会听得津津有味。数学组刚刚组建时，他的解题能力并不是最高的，有一段时间对竞赛难题经常找不到解题方法。这时，他暗下决心，准备用比同学多一倍的时间系统学习与数学竞赛有关的书籍。在老师的指导下，他将《高中数学竞赛教程》三本书上共三千多道习题全部做了一遍。有的难题他不只是做一遍，而是四到五遍，他反复体会，直到完全吃透。这在常人看来是一件艰难的事情，但他却一步一个脚印，通过不懈的努力完成了自己的计划。

他经常深入研究一些问题，也取得了一些研究成果。在老师的指导下，他完成了多篇以数学问题的多解、推广、归纳、应用等为题材的论文。这些论文包括《关于方幂级数问题的研究》《八数码问题的研究》等。他还利用暑假到南开大学和香港科技大学交流的机会，对自己的数学论文进行交流与求证。不论是在火车上，还是在宾馆里，他总是积极地思考问题，并将自己得到的新见解与同学、老师交流。在科技论文评比中，柳智宇同学的论文《关于方幂数列的研究》经过指导老师的推荐，参加了湖北省科技论文评比，并获得一等奖。

高二年级的柳智宇，已经在全国数学联赛中获得一等奖的优异成绩。二〇〇五年，正好由湖北省代表国家组队去俄罗斯，参加俄罗斯数学奥林匹克（俄罗斯全国数学竞赛），柳智宇同学顺利入选。

俄罗斯数学奥林匹克，不仅是俄罗斯全国最高的数学赛事，也有世界各国的优秀选手参加，可以称为"国际数学奥林匹克循环赛"，由俄罗斯数学专家主持。作为当时的主教练，出题风格是我研究的主要目标。我找到莫斯科大学编辑的历届俄罗斯全国竞赛题集和一些专门书籍进行研究。该国的数学竞赛分年级（十年级，十一年级）进行，最擅长出代数与数论方面的题目，解题思路就像崎岖山路中的一股清泉，你找不到思路时，觉得层峦叠嶂，无法攀登；思路正确时，顺着激流即可到达目标。有的题目就像一篇论文，只有思考深刻，论证清楚才为最好的解答。

两天考试的八道题，除了有一道题扣3分（满分7分），其他全对，柳智宇比获得第二名的俄罗斯学生领先一道题。柳智宇将他在俄罗斯竞赛的解答抄写了一份交给我，我现在还保存着。从他当年的解答来看，思维严密，文字表达流畅，而且非常简练。在后来的教学中，我以这些题为例并讲述背景，同学们都对他的解答赞赏有加。

二〇〇五年夏天，柳智宇从俄罗斯回国后，下一个目标即提上日程——为拿国际奥数金牌做好准备。针对这个目标，辅导工作的备课量更大、更艰巨。

全世界几百个国家和地区的数学题都有可能出现在考卷上，欧洲各国，特别是匈牙利、波兰、德国、意大利等数学竞赛强国，他们的试题比起俄罗斯的更大气，更有挑战性。美国的命题就如同盖房子，先在主攻方向建一个钢铁骨架，再对每个局部进行论证，添砖加窗，搭成一个完整解答。对不同国家的同类数学题目要分析归类，提取精华，找到相似之处，从而提高学生的综合能力。有时我肚子饿了，就吃点方便面；实在太困，就在地板上躺十来分钟缓一会儿，睁开眼后就又投入战斗。就这样日复一日，如同一句俗语：要给学生一碗水，自己要有一桶水。

由于柳智宇的天分，我有时深思熟虑几天的问题，与他交流十几分钟就解决了。这使我的压力更大，但在与他交流的过程中，我也得到思维的乐趣。这是从书本上学不到的。真是教学相长，相得益彰。这也是我教学生涯中的难忘经历。

从一九八六年起，华中师大一附中的所有数学竞赛人奋斗了近二十年，都没有一个学生入选国际数学奥林匹克国家队。进入高三后，柳智宇同学立志要冲刺我校长久以来的目标。这个目标说起来容易，做起来难度何其大。

全国有数百万中学生，经过层层选拔，最后选出六名中学生，组成数学奥林匹克中国国家队。二〇〇五年十月，经过全国高中数学联赛，柳智宇进入了由六名中学生组成的湖北省省队。二〇〇六年一月，柳智宇作为湖北省省队队员，参加了在福州举办的中国数学奥林匹克，之后再次进入由三十名选手组成的国家集训队。

二〇〇六年三月三日，国家集训队的训练在东北育才中学展开。三十名选手个个优秀，都立志进入国家队。由于之前在俄罗斯比赛中获得金牌，柳智宇颇受关注。每次考试结束之后，总有选手向他请教问题。

四月初，即将宣布最终名单，国家队的李胜宏教授和我约定，如果柳智宇进入国家队，他将打电话通知我。我一直焦急地等待他的来电。约定的时间过去了近二十分钟，我的心凉到了冰点，难道要落空了吗？正在我极度伤感时，电话铃声响了，我跳了起来，抓起床头柜上的电话，急不可待地问："是李教授吗？""是的，告诉你一个好消息，你校的柳智宇同学进入了国家队。向你表示祝贺。"我说："李教授，请你再说一次，这是真的吗？"确认消息属实后，我按捺不住内心的激动。马上从沈阳打电话到汤逊湖畔的华中师大一附中，高三年级主任殷希群、副主任蒋大桥、化学主教练王忠等几人不约而同地来到学校的厚德广场，高声喊道："我们有数学金牌了！"随后他们三人一起来到校运动场，边走边看星空，边谈论，抑制不住高兴，一直走到天亮。做早操的师生来到运动场，他们向众师生宣布了这一喜讯，大家一起欢欣跳跃。

华中师大一附中二十年来的努力终于要实现目标了！

二○○六年四月二十五日，国家队领队李胜宏教授通知我和柳智宇到杭州浙江大学进行短期特训，我们住在离浙大不远的一个叫刀茅巷的小型招待所，这里十分安静，房子都是老旧房屋重新装修的——简朴、仿古，十分有利于学习，思考问题。

李领队介绍我们到旋转餐厅用餐，这里的厨师采取一对一的个体服务，有湖北人爱吃的红烧鱼、清蒸鱼，各种做法的牛肉及各种青菜，非常丰盛，引人食欲大发。但柳智宇却不开心，因为他不想吃这些大油大荤的菜，我问他："你想吃什么，师傅给你做？"他却只选了粗粮加蔬菜。晚上，我隐隐地对他的身体健康有了一丝担心。

随后的两天，柳智宇做了由李领队出的两套国际竞赛模拟题。批改后，李领队对他的解题水平评价很高。我也在默默祈祷他顺利地准备，出国考出好成绩。

之后我陪同智宇去西湖一游，调节一下紧张的心情。看了三潭印月、白堤，在一座小楼前买了现冲的杭州藕粉，我们一人要了一碗，智宇说这藕粉真好吃。我就又买了十包给他带着，哪知这些藕粉就成了他后面几天的主食。

在游览雷峰塔时，更是发生了一则趣事。因他当时眼睛不好，每两小时要休息一会儿，他在二楼楼梯旁闭目而坐，将手放在膝盖上，双肩背背包，就像一尊佛像般安静。这时旁边两个保安窃窃私语："不好了，怎么进来了叫花子？"正好我听见了，走过去说："你们不要乱说，他是即将出国参加数学竞赛的顶尖人才。"两个保安连忙说："对不起，我们不知道。请原谅。"当我们参观完，原路返回时，两位保安立正敬礼，对柳智宇说："祝你赛出水平，为国争光。"

六月十五日，国家队的六名选手集合于北京，进行出国前的最后训练及心理调整。其间，上海的叶中豪教授、北大的李伟固教授分别做了平面几何、数论等的专题讲座，选手在领队的指导下进行心理和身体调整。七月十日飞抵斯洛文尼亚首都，卢布尔雅那。十一日举行开幕式，十二日和十三日正式比赛。

来自全世界一百八十多个国家和地区的五百多名选手，参加两天的激烈角逐。这是世界最高级别的数学竞赛，题目很难，即便参赛者是来自世界各国最优秀的学生，但大部分人只能答出一两道题而已。柳智宇同学不负众望，以满分的成绩获得金牌。六道试题，每道题的解答都非常精彩，思路流畅，逻辑严密。特别是第二天的后面两道题，做出来的选手不多，他也调整了主攻顺序，在完成第四题和第六题后，集中精力攻克第五题。他的解题思路，受到组委会一致好评。那一年的试题难度很高，全场仅有三个满分，他是中国队的唯一一个满分。

正如领队李胜宏教授的评价："柳智宇同学发挥出色，他的解法与思路赢得了国际奥委会的很高评价，不愧为数学奇才，为国争光！"

随后，美国有线电视新闻网（CNN）记者、英国广播公司（BBC）记者，斯洛文尼亚及其他国家的记者，采访了柳智宇同学，他成了这次赛事的中心人物。

勤学好问、谦逊谨慎、乐于助人，这些中学生应具备的优秀品质在他身上都得到了充分体现。这枚填补学校空白的金牌，成为华中师大一附中的新起点，象征着一颗耀眼的新星，在学校上空闪耀。

智宇印象

　　初见智宇，还是在二〇〇八年秋天的北大校园，那时他带着同学们在百年纪念讲堂旁高高的小露台上晨读"四书"，我无意中经过，被秋风中的琅琅读书声吸引，从那之后，我便加入了耕读社每日早七点的晨读。十几年后，我重回北大校园，经过静园，经过艺园，经过学五食堂，眼前总是浮现出当年每个清晨和大家一起读书的场景，智宇的身影也渐渐清晰起来。

　　那时，我眼中的智宇是一个矛盾体。他极其聪慧，却并不总在觥筹交错之间显得机敏；他看上去不谙人情世故、沉默寡言，却往往在评论复杂的人际关系时一语中的；他为人理性，很少表露情感，但我读他的文字，却常常被他的深情打动。我调侃他，叫他"小圣贤"，因为他习惯引经据典，颇有老夫子风范，行住坐卧之间常显端严，也因为他常保赤子之心，举手投足之间憨态可掬，尽是孩童般的天真和自在。如今又见智宇，岁月荏苒，"小圣贤"却风采依旧。

　　智宇感动我的时刻多不胜数，他的坦诚、质朴和毫无掩饰，甚至那一点点笨拙，都能让人不自觉地卸下心防，这对当年初到北大这个陌生环境中，太执着于追求学业进步，很少与同学交游，偶尔也会感到孤单的我，有莫大的吸引力，也是一种疗愈和救赎。我至今回想起来，除去他日常的关心、问候和陪伴，一些"智宇特色"的瞬间仍让我时而忍俊不禁，开怀大笑，时而感怀不已，泪眼蒙眬。

我读研究生一年级的一天夜里，一时不察，从图书馆门前的台阶上摔下去了，崴伤了一只脚。那时的我很不愿意麻烦别人，于是第二天一个人单腿跳着去了校医院，之后又单腿跳着去了食堂，恰好碰上了智宇和社团的朋友们。智宇和李明博师兄立刻决定无视我身心双重的"独立"，发动大家轮流照顾我，从替我拎书包到"拎"我上下学，事无巨细，全程安排了社团的朋友们陪护，直至我痊愈。十余年后的社团聚会上，另一个老社员向我们描述他初见智宇的场景，说他发现有一个男生在食堂前面背着女式单肩包单腿跳跃，他颇感惊奇，驻足观望了好一会儿，那个男生正是智宇，而智宇冲他大方一笑，说他要亲身体会一个社团里受伤的同学行走有多么困难，才能更好地照顾伤员。

这些"匪夷所思"的"智宇时刻"和他类似《疯狂动物城》里的树懒"闪电"般的招牌笑容，为我和朋友们提供了诸多画面生动的佐酒小故事，大家在笑与泪之间交口称赞着智宇，那么不合时宜，又那么真心真意，令人无限动容。如果没有智宇和社团的朋友们，我又怎么会明白，在学术和人格"独立"之外，愿意接受别人的帮助、放心地依赖别人，也是一种幸福，也是一种我应该一生去学习的能力？

那时候，智宇和我们常常辩论哲学和佛学，可是我始终希望能够透过智识看见真实的、具体的人的智慧和慈悲。我常常感觉到智宇有深刻的智慧和慈悲，他发自内心地关心周围每一个人，他的感情深沉又强烈，他接受爱和表达爱的方式独一无二。至今，一些和他谈话的细节和片段，还常常出现在我脑海里。记得一次在山间漫步，我们问他"怎样才算是追逐到心之所向，实现了自我呢？"他说："毋自欺也。"我记得我问智宇是怎样接触到佛法的，他说刚上北大的时候，因为眼疾不能读书，一个同学曾经一页一页地念书和故事给他听，有时他会不耐烦地常常打断她，可是她丝毫不以为忤。我听了之后，很有感触，我想我和很多人一样，早就习惯了利用天赋和智力高效地达到目标，但真正缺少的正是真诚的善意和耐心的陪伴。

常有人问我，北大和常青藤最优秀的本科生是什么样子，是符合刻板印象的好学生，还是离经叛道的小天才？我总是会不自觉地想起智宇。虽然他的人生经历并不典型，可是他的智慧、真性情和敢于在人生各个阶段都遵从自己内心的声音再做选择的勇气，才是真正珍贵的，应该成为典范的品质。

倪云

北京大学外国语学院英语系助理教授

哈佛大学比较文学系博士

达特茅斯学院比较文学系硕士

北京大学英语系硕士

奇妙的缘分

智宇要出书了，他请我写一写我眼中的他。我也不知从何说起，那就说一说我们相处过程中的故事吧。

二〇二二年春季的某天，智宇突然约我见面吃饭。这是自二〇一八年我与他结缘以来，我们第一次见面。他看上去比之前健康了很多，也胖了不少。一副"高智商"人类的长相，说话温柔亲切，脾气很好，这是我对他的初印象。

我们像朋友一样聊了很多。交谈间，他会很真实而直接地表达他的感受和想法。真诚是非常有力量的，能击穿你的防备，让彼此更信任。我们就这样敞开心扉，谈天说地。

那天中午，聊到快要结束时，他双手交叉，环抱在胸前，说："听说男生遇到心动的女生时心跳会加快，我现在就感觉胸口这儿跳得很快。"

我蒙了一阵，一种不太真实的感觉扑面而来，反问道："你是说，喜欢我吗？"

他认真又略带紧张地看着我，说："是啊。我挺喜欢你的，能不能相处看看？"

我顿了一下，说："好，那就处处看。"

就这样，我们开始了之后的故事。只是那天，从听到"喜欢"二字开始，我似乎都是蒙着的状态，直到下班回家才察觉到自己有男朋友了。

一切是如此不可思议又顺其自然地发生了。

因为疫情原因，我和他及其他师兄一同住到了通州的精舍里，方便我们增进对彼此的了解，一个屋檐下的日子开始了。

多年的出家生活，让他还保持着早起早睡的习惯。晚上十点，屋子就会熄灯，早上五六点，他就起床了。他不太会照顾自己，早餐会吃蛋挞、面包等高油高糖的食物。这在我看来很不健康，但那时还不熟，我会尊重他的饮食习惯和口味。他还喜欢喝饮料。现在想来，他还俗后的变胖，也有甜食的功劳。中午有时吃沙拉，有时叫外卖。后来我实在不适应，就选择自己做饭。他很忙，当时在给几个朋友讲《庄子》课，平时要读心理学的书，整理很多资料，还会看数学方面的书籍。所以做饭就是我和同住的其他小伙伴一起来了。有一个朋友，很会做素食，我向她学习了很多素菜的做法，像找到了一片新天地，原来素食并不是我想象的那么单调。

他没有什么恋爱经验，不知道如何和女朋友相处。恋爱初期，我更多的时候扮演的似乎是照顾者的角色，照顾大家的生活，帮着修改、整理文章，给他买衣服，给大家买零食。

因为常年穿僧服，他的俗服很少，有的都很过时了，要不就是破损了，可他似乎并不在意。我看在眼里，心想这些行头都得重新置办。

现在想来，当时特别"贤良淑德"，主要原因是不知道如何与他相处，而且我还很好奇他是个怎样的人。在我看来，工作时他非常投入，听不到你对他说的话，完全沉浸在自己的世界中；头脑非常发达，反应也很快；逻辑能力、高度整合的能力和记忆力都非常强。除了大家所知的"数学天才"外，他的文学功底和文笔也很好，这点让我很佩服。

生活里，他有着自己的奇特思维和饮食口味。关于饮食口味这点，我实在不敢苟同，甚至经常眉头紧皱地看他吃东西。他会把酸奶和粥混在一起，然后说"这是乳糜，很好吃的"，或者把橙子和生姜一起打汁，然后诚邀我们一起品尝。

恋爱初期，都是我在买东西，买菜做饭，给他买各种衣服、护肤品。后来我心里开始不爽，心想：这人怎么一点都不懂事，都不知道给我买东西呢？观察了一段时间后，我才明白，他根本没那根弦。有一次，我绷不住了，直接告诉他："女朋友不是这么用的，你看我这又出钱又出力，累死啦！你得对我好点，给我买礼物，给我花钱，哄我开心！"他这才恍然大悟，连声说："对不起，对不起，我错了！"

至此，他开启了送礼物的开关。虽然我收到过"芭比粉"的口红、款式过时的连衣裙、不太常穿的运动凉鞋，但后来他也在不断进步，耳环、戒指、鲜花、项链、扫地机器人……礼物看得越来越顺眼了。我知道，他也在恋爱中学习成长。彼此间的理解与包容，让我们的磨合期度过得比较顺利。

工作起步时，我们搬到了海淀。这样节省了双方的时间，也减少了路途上的奔波。

工作的节奏一下就快了起来。他认真工作时非常耗心神，因为身体底子弱的关系，经常需要休息一会儿再继续工作。我带他看了一阵中医，调理身体，他整体状态比之前好了。在生活上，我们也尽量在家做饭，这样吃得健康些，他说我做啥都好吃，我特别有成就感。我看着他的心理实操课初阶、高阶办起来，越来越多的学员参与进来，每周六晚上上课，然后巡组，调整改进大家觉得难的地方，不断整合每次上课的内容。他还要研究学习力的课程，还有很多场直播连麦要做。微信上向他寻求帮助的人也很多，有有心理问题需要咨询的，有有修行问题的，有多年断联的老友又重新加上的，有咨询孩子的学习问题的。他的微信经常响个不停。

记得"十一"的一次直播，到约定好的时间，他突然发烧了。当时团队的小伙伴都很担心他的身体，也怕这次直播泡汤。因为疫情的关系，我们根本买不到退烧药。我只能让他多喝水，吃维生素C片。后来，一个朋友特意从通州开到药，再到海淀送过来给他。我们心里非常感动，智宇吃过药后，状态逐渐好了起来，三天的直播顺利完成。感谢那些爱护他的朋友。微信上经常有朋友表达对他的感谢，要给他钱，说在心音心理服务热线的陪伴下渡过了人生的低谷。在他未还俗的时候，对于没有钱做心理咨询的人，平台是完全免费提供服务的。这些人应付的钱，一直是智宇出的，钱来自微博文章、公众号文章的打赏和一些善士的捐助。从二〇一九年开始到二〇二一年底，基本每年支出去十万多。如今，因为经济上的困难，免费的心理疏导没法持续。将来因缘具足，我们还会继续免费为需要帮助的人提供支持。

说起打赏，他自从还俗出现在大众的视野后，就在各种平台注册了账号，主要是为了方便大家认识他、了解他，也为了输出更多有益大众的内容，为对他的课程感兴趣的朋友提供渠道。有时候，一场直播会收到一些打赏。那时在他心里，他一直不知如何处理这些打赏。他觉得这些钱需要纳税，虽然不多，但是应该合理合法地去用。于是他咨询了很多律师朋友，也给海淀税务局打电话特意咨询这类收入如何交税。但税务局查找资料后，回复："如果没有和公司签合同，这种情况暂时没有相关规定。"于是，他就把这块收入用于部门团建、公益支出，或奖励工作辛苦和有重要贡献的同事。总之，他自己不用。起初，我觉得，这钱是大家打赏你的，你就拿着呗，这就是网友们给你的。但他认为，这钱如果要用，还是用在大家身上最合适。

不上班的时候，我们有时会去逛公园，再找个不错的餐厅吃饭；有时有事，就去办事、见人。我俩似乎都不喜欢特意找乐子消遣。而智宇的时间概念和对时间的利用，更在意效率。和我在一起后，我告诉他，有时候时间就是要用来浪费一下的，这样心灵才会得到放松。他一直以来的成长中，似乎在认知里就把时间、效率看得很重要。这也是他不容易放松的原因之一。

在严格意义上，他认为能被当作朋友的人并不多。他也不太喜欢社交，一些无意义或能想象得到的场合，他会选择不去。一来节省体力和时间，二来他觉得人与人之间能彼此增益成长才是更重要的。我虽然不完全认同，但是也能理解他。

在家的日子里，他工作的时间还是居多：优化整合心理实操课，巡组，听学员和指导老师的意见反馈，研发新课程，学习佛法，禅修。总之，他很少停下来。有时看他一直在忙，我会叫停他，强行拖他陪我下楼散步。

初夏的夜晚，风很清凉，他也感慨："走一走很舒服。"和他一起工作的小伙伴说，他们觉得柳老师平常不太会生活。而我能做的，就是保留最真实的柳智宇，让他自己调整节奏，平衡生活与工作。或许，不需要刻意放松，不需要太过享受，才是他认可的意义。

犹记得当初我在线上向一个学周易的朋友咨询姻缘，他告诉我："春秋两季注意，良缘将至。"随后我正巧抬头看向窗外，漫天花瓣飞舞，片片淡粉色，好似轻盈的飞雪，自由而浪漫，像电影中的画面，看得人满心欢喜。我立刻回复他："刚和你说完，我就看到漫天花瓣飞舞。"他回复："好事将近。"

不久，我和智宇相遇了。

写到这儿，我记起智宇曾说过的一句话："珍惜眼前人，陪他们走一段路。以此深心，结未来之法缘。"

他与众生如此，我俩亦如此。

柳智宇的爱人

图书在版编目（CIP）数据

人生每一步都算数 / 柳智宇著 . -- 长沙 : 湖南文艺出版社 , 2024.1

ISBN 978-7-5726-1442-2

Ⅰ . ①人… Ⅱ . ①柳… Ⅲ . ①随笔－作品集－中国－当代 Ⅳ . ① I267.1

中国国家版本馆 CIP 数据核字（2023）第 187159 号

上架建议：畅销 · 人生哲学

RENSHENG MEI YI BU DOU SUANSHU

人生每一步都算数

作　　者：柳智宇
出 版 人：陈新文
责任编辑：张子霏
监　　制：于向勇
策划编辑：王远哲　张文龄
文字编辑：刘　盼　罗　钦
营销编辑：陈睿文　秋　天　时宇飞　黄璐璐
版式设计：李　洁　鹿　食
装帧设计：末末美书
内文排版：谢　彬
出　　版：湖南文艺出版社
　　　　　（长沙市雨花区东二环一段 508 号　邮编：410014）
网　　址：www.hnwy.net
印　　刷：北京中科印刷有限公司
经　　销：新华书店
开　　本：875 mm × 1230 mm　1/32
字　　数：186 千字
印　　张：8.25
版　　次：2024 年 1 月第 1 版
印　　次：2024 年 1 月第 1 次印刷
书　　号：ISBN 978-7-5726-1442-2
定　　价：52.00 元

若有质量问题，请致电质量监督电话：010-59096394
团购电话：010-59320018